Louca por homem

Claudia Tajes

Louca por homem
Histórias de uma doente de amor

Agir

Capa
Beto Schmidt

Foto de capa
Estúdio Meneghetti

Copidesque
Marcela Miller

Revisão
Maryanne B. Linz

Produção editorial
Felipe Schuery

CIP-BRASIL. CATALOGAÇÃO-NA-FONTE
SINDICATO NACIONAL DOS EDITORES DE LIVROS, RJ.

T141L

Louca por homem: histórias de uma doente de amor / [Claudia Tajes]. - Rio de Janeiro: Agir, 2007.

ISBN 978-85-22-00881-0

1. Romance brasileiro. I. Título.

07-3339.

CDD: 869.93
CDU: 821.134.3(81)-3

AGIR EDITORA LTDA. - uma empresa Ediouro Publicações
Rua Nova Jerusalém, 345 - CEP 21042-235 - Bonsucesso - Rio de Janeiro - RJ
tel.: (21) 3882-8200 fax: 3882-8212/8313

Para o Theo, a Antônia, a Sofia e o Pedro

Sumário

EU ANTES DE MIM

ACHO QUE COMEÇOU NA SÉTIMA SÉRIE, quando me apaixonei por um canhoto e não tive descanso enquanto não escrevi perfeitamente com a mão esquerda – ingênua tentativa de criar uma ligação com o objeto do meu amor, ainda que para isso eu precisasse jogar treze anos de destreza no lixo. Ou então foi antes, lá pelos meus oito anos, no instante em que percebi que um vizinho mais velho só usava roupas vermelhas. Foi o que bastou para eu ter longas crises de choro cada vez que minha mãe me ameaçava com um vestidinho rosa, verde ou amarelo, e o que determinou o eletroencefalograma ao qual fui submetida naquela época. Mulher prática, minha mãe diagnosticou minhas lágrimas como problema neurológico, e não amor.

Ainda dentro deste tema, se eu entendesse de psicoassuntos como minha amiga psicanalista, a Diana, poderia voltar aos meus cinco anos e ao exato momento em que ouvi meu pai dizer que carne boa era carne com osso. Consideração que me fez passar os trinta anos seguintes compartilhando costelas gordas com ele – sem sequer olhar para um filé –, com o objetivo de reforçar os laços de afeto entre nós dois.

Pequenas coisas que fizeram de mim a pessoa que sou hoje. Uma canhota que só veste vermelho, come chuleta todos os dias e pode ser outra amanhã.

O JUDEU ORTODOXO

MAMÃE, NÓS ACREDITAMOS EM INVERNO?

(Phillip Roth)

Antes

UM

VENHO DE UMA FAMÍLIA CATÓLICA por hábito. Algum ancestral distante começou com a coisa, quem sabe no tempo da Inquisição, talvez mais por medo de virar churrasco que pela fé propriamente dita, e desde então temos sido batizados segundo as normas da Santa Madre Igreja. Também estudei em colégio de freiras, fiz a primeira comunhão, não sem antes confessar meus nove anos de pecados para um padre escondido atrás de uma portinha forrada de tecido roxo, e só não me crismei, como minha avó gostaria, porque conheci Moisés.

O lugar era a calçada em frente ao *trailer* de cachorro-quente do pai de um amigo. Sem idade para as boates de então, sem dinheiro para um rodízio de pizzas e sem idéia melhor para um sábado à noite, adolescentes de todas as partes do bairro se reuniam ali para conversar e beber o que nossos pais acreditavam ser Coca-Cola – e até era, só que misturada a um rum de baixa categoria que o Andrei, garoto com alguma barba já espetando pelo rosto, comprava no supermercado da esquina. Quase sempre o rum acabava antes do assunto e da madrugada, e então uma comissão se dirigia a um dos botecos de bêbados ao longo da avenida vizinha para buscar mais rum, gim ou cachaça, o que o dinheiro arrecadado conseguisse comprar.

Junto com o álcool ilegal, o que mais atraía o grupo para os sábados na calçada era a possibilidade de aumentar a pouca experiência sexual trocando beijos com um(a) parceiro(a) diferente a cada encontro. Alguns dos casais daquelas noitadas até duraram por alguns finais de semana e pelo menos um deles, o formado pela filha do diácono da igreja com o próprio dono do *trailer* de cachorro-quente, que por ela deixou a família, segue junto até hoje. No mais, a regra eram namoros de uma noite só. Única regra, aliás, que alguém de quinze anos como eu obedecia sem discutir.

Bonitinha, sem nada que chamasse muito a atenção, mas também sem nada que repelisse os caras. Essa era eu então, o tipo de garota que encontrava mercado com uma certa facilidade, já que as bonitonas, depois de disputadas quase a tapas por todos os rapazes, acabavam escolhendo o mais forte, o mais bem-apessoado, o mais abonado ou, de preferência, o que reunisse logo as três qualidades. Um pouco por essas contingências e outro tanto por sorte, nunca me faltaram candidatos. E, aos quinze anos, o caderninho secreto no qual eu anotava o nome daqueles que eu já tinha beijado já registrava 79 bocas, com pouquíssimas repetições.

Mas tudo, meus sábados, minhas noites, meus beijos e, se me desculpam o excesso, minha vida, ganhou um novo significado quando uma família judia ortodoxa veio morar no meu prédio.

A expressão "família judia ortodoxa" não me dizia muito, àquela altura. Ou então, observando as famílias ao meu redor, e tomando a liberdade de interpretar livremente a palavra, a mim parecia que todas as famílias eram ortodoxas, com suas mães mal-humoradas brigando o dia inteiro com seus filhos chatos, e seus pais cansados sonhando com um sofá, uma televisão e uma cerveja na volta do trabalho. Mas as vizinhas do prédio estavam excitadas com a novidade.

– Parece que eles têm oito filhos.

– É que os judeus ortodoxos têm quantas crianças Deus mandar.

– Mas oito?

– Até agora.

– Uma vez me contaram que o marido ortodoxo tem obrigação de dar prazer à mulher. E se não der, é caso de divórcio.

– Será que ele não tem um irmão para me apresentar?

Antes mesmo da família judia ortodoxa chegar, todos já sabíamos que o pai, rabino (uma espécie de padre com permissão para casar, segundo a explicação que recebi de alguém), se chamava Abraão Chachamovitch, que o nome da mãe era Irena e que a prole contava com um menino e sete meninas. Pobre senhor Chachamovitch (chamá-lo apenas de senhor Chacha me pareceu muito desrespeitoso, embora a tentação fosse grande), tendo que fazer suas orações em meio a tal harém.

O dia da mudança foi um acontecimento na rua. A notícia da chegada dos judeus ortodoxos extrapolou os portões do nosso edifício e trouxe curiosos das quadras vizinhas para ver de perto a família. Por um motivo ou outro, ninguém voltou para casa decepcionado com o que viu.

O senhor Chachamovitch era tudo o que esperávamos de um judeu ortodoxo, de terno escuro ao sol do meio-dia, barba longa e, debaixo do seu chapelão de feltro preto, aquele chapeuzinho tradicional no alto do cocuruto. Assim que o caminhão das Mudanças Modernas estacionou em frente ao prédio, ele surgiu em um velho Opala azul-marinho e, sem olhar para a torcida em volta, passou a carregar vasos, louças e aparelhos eletrônicos.

– Por que ele usa aquele chapéu?

– É um lance ritual, acho.

– Mas até na hora de carregar a tevê?

– Cada um com seus problemas.

– E o resto da família, não vem ajudar?

– Vai ver que a religião deles não permite.

– Vou me converter. Se você visse o que eu trabalho para o meu coroa no fim de semana...

Quando o entra-e-sai do senhor Chacha já havia perdido a graça, uma caminhonete estacionou atrás do Opala. E assim que os ocupantes do veículo começaram a sair do carro, eu tive a certeza de que Deus existia. E professava o judaísmo.

A primeira a desembarcar foi a mãe, senhora Irena, uma mulher ainda jovem, mas vestida como uma velha, toda de marrom desde o cabelo, ajeitado sob um lenço de seda, até as meias grossas demais para os vinte e oito ou vinte e nove graus que faziam na rua. A senhora Irena abriu a porta traseira e várias meninas de idades muito próximas se perfilaram ao lado dela.

Entretida com as garotinhas, não reparei que a mesma cena se repetia no outro lado da caminhonete. Mas quando percebi, minha sensação foi a de ter presenciado um milagre.

Ajudando as irmãs a saírem do carro, o único filho do casal, o varão, como se dizia na Bíblia, termo que talvez encerrasse promessas de fartura nem sempre possíveis para cem por cento dos rapazes, dividiu instantaneamente a minha existência.

Antes e depois do Varão.

Clarinho, com sardas no nariz, cabelos dourados e curtinhos com duas mechas compridas descendo das têmporas, vestido de preto, alto, magro. Em quinze anos de profunda observação da espécie masculina, eu jamais havia me deparado com tal perfeição. Se tivesse nascido em Hollywood, certamente o garoto judeu seria o líder de uma banda de meninos cantores, ou um ator adolescente adorado pelas *teenagers* de todos os continentes, ou o astro de um seriado de tevê. Nem as novelas da Globo jamais tinham revelado um rosto assim.

A senhora Irena, suas sete filhas e o filho entraram no prédio, ela compenetradíssima, as meninas rindo e o homem-mais-lindo-do-mundo pisando firme e de cabeça erguida, imponente como deve ser o homem-mais-lindo-do-mundo. A vizinhança não arredou pé enquanto o último colchão não foi descarregado do caminhão das Mudanças Modernas. Quando parecia que tudo estava consumado, o senhor Chacha surgiu carregando o que pareceu ser, a todos nós, um lustroso castiçal de prata.

– Deve ser para jantar à luz de velas com a Irena.

– E eles fazem o que com a criançada?

– Quem quer sempre arruma um jeito.

– São ortodoxos, mas são românticos.

Naquela noite, pela primeira vez em anos, abri a enciclopédia quase sem uso que guardávamos na despensa. Ali comecei a entender o que eram os judeus ortodoxos, mas teria ainda centenas de perguntas para fazer ao Varão, quando enfim o conhecesse. Milhares de perguntas, melhor dizendo, para demorar mais. De concreto, resolvi não mais cortar meu longo cabelo, como vinha planejando há tempos, e evitar o uso de calças compridas, tal e qual faziam as judias ortodoxas. Ao me retirar, disse uma nova e recém-aprendida forma de adeus à minha família reunida em frente ao *Jornal Nacional.*

– Shalom.

Dois

A ROTINA E, MAIS AINDA, AS MÃES não têm qualquer condescendência com os apaixonados. De maneira que, mesmo com a cabeça vinte e quatro horas ocupada pelo Varão, segui cumprindo as ordens domésticas e estudando, arrumando meu quarto, lavando montanhas de louça, levando o cachorro para passear. Fazendo as coisas de sempre, enfim, e com a cara de sempre. O cabelo mudei um pouquinho, agora em um eterno rabo-de-cavalo igual ao das vizinhas judias.

Quatro dias depois, a oportunidade de encontrar o Varão ainda não havia se apresentado. Os ortodoxos moravam no quinto andar, eu no térreo. Assim que voltava da escola, eu passava o dia descendo e subindo de elevador, na esperança de encontrá-lo pelo meio do caminho. O síndico do prédio chegou a sugerir, em semitom de brincadeira, que eu fosse contratada pelo condomínio como ascensorista. Não recusei totalmente a proposta.

Acabei por conhecer o Varão no momento em que isso não deveria ter acontecido. Um dia, a campainha de casa tocou, e atendi a porta vestida para a limpeza, com um shortinho velho, a camiseta de algum candidato a vereador derrotado e uma escova daquelas de limpar privada na mão.

Era o Varão junto com uma garotinha de uns cinco anos.

– Boa tarde, eu sou o Moisés Chachamovitch, seu vizinho do quinto andar.

(Como se eu não soubesse).

– Não diga, que surpresa... Mudou recentemente para cá?

(Eu precisava esconder a escova de limpar privada no bolso de trás do meu short sujo e fedorento.)

– Há uma semana, mais ou menos.

– Não, foi há cinco dias.

(Cacete, me entreguei.)

– Puxa, nem eu sabia. Obrigado por me lembrar.

– Imagina...

– Fala logo pra ela, Moishe!

(A garotinha sardenta estava impaciente para estragar minha recém-começada história de amor.)

– Sabe o que é, a Ilana, minha irmã aqui, deixou cair uma boneca no seu pátio...

(Ilana, uma das minhas seis cunhadas. Achei o nome bonito.)

– No meu pátio? Rápido, o Bocão é tarado por boneca!

– Seu pai?

– Meu cachorro!

Os dois entraram escorregando no chão úmido da minha faxina. O Varão praticamente deslizou cada centímetro até as portas que se abriam para a área interna, e que naquele instante estavam fechadas. O barulho do corpo dele batendo contra o vidro tirou Bocão, nosso *sheep dog* pachorrento, da única sombra do pátio. E já com a boneca da garotinha entre as mandíbulas peludas.

– My doll!!!!!!!

O berreiro (em inglês) de Ilana só não foi maior porque:

a) o irmão dela cortou a testa no choque com a porta de vidro e agora sangrava, pálido, na poltrona da sala.

b) Entreguei à garotinha a única boneca que me sobrou da infância, uma que fiz questão de guardar para minha própria filha. Mas cunhada pequena é quase filha, acho.

Cerca de vinte minutos depois de terem chegado, Moisés e a pequena Ilana deixavam minha casa, respectivamente, com um curativo na cabeça e uma Susi Espanhola Versão Colecionador.

– Muito obrigado por tudo.

– Desculpe o estrago do meu cachorro. E da minha porta.

– Que é isso. A Ilana ainda saiu lucrando.

– Olha, não deixe as bonecas das meninas caírem aqui no pátio. Nosso cachorro fica louco, ele nunca viu mulher. Minha mãe não deixa.

– Sei como é isso.

Aquele *sei como é isso* Moisés disse com os olhos no vazio, a cabeça um pouco baixa, como se sofresse do mesmo incômodo. Foi o que bastou para o meu interesse por ele aumentar, talvez virar amor no ato. Se, assim como o meu *sheep dog*, Moisés também sofria nas mãos de uma mãe dominadora que queria manter sua cria pura e casta, eu seria a aliada perfeita para frustrar um a um os planos dela.

Eu e a minha experiência de 79 bocas – 74 considerando as repetições – e uma paixão pelo judaísmo totalmente nova para mim.

Durante

O GELO ESTAVA QUEBRADO. No mesmo dia em que o cachorro atacou a boneca e a porta atacou Moisés, ele me ligou pelo interfone e ficamos conversando até tarde no *hall* de entrada.

Moisés tinha dezessete e, quando terminasse o segundo grau, no final do ano, partiria para o *kibutz* com um grupo de amigos. Eu não sabia o que isso significava, mas entendi que era longe. E comecei a sofrer ali mesmo.

Naquela época eu nada entendia das tradições judaicas e minhas pobres noções vinham das aulas de catecismo, quando fui obrigada a estudar a Bíblia para fazer a primeira comunhão dos católicos. O que não me impediu de falar de igual para igual com o Varão.

– Fascinante essa sua viagem para o *kibutz*. Você acredita que eu tenho esse mesmo sonho?

– Jura?

– Por Moisés. Não você, aquele outro, o do Mar Vermelho.

– Mas de onde vem essa sua vontade?

– Ah, me converter ao judaísmo é um velho desejo. Comecei a pensar nisso quando eu tinha uns sete anos. Desde então estudo as tradições do seu povo.

– Fico feliz e surpreso. Não é comum uma garota gói saber tanto sobre os judeus.

– Gói? É um elogio?

– Não para a minha mãe. Significa que você não é judia.

– Ou que eu *ainda* não sou.

Às primeiras horas no *hall* do prédio seguiram-se muitas outras, sempre interrompidas por uma das irmãs de Moisés anunciando que a senhora Irena o esperava para o jantar. Então eu subia com ele até o quinto andar, orando a *Ha-shem* para que o elevador demorasse bastante, e depois voltava para o meu térreo, cheia de novas informações sobre os judeus e sua história.

Um dos sintomas mais evidentes de que algo estava mudando em mim foi minha súbita recusa em comer algumas das mais caras preferências do meu cardápio até então. Meu pai fazia um churrasco excelente e uma de suas especialidades era o lombinho de porco com queijo. Em meus tempos de gói, devo ter deixado varas e mais varas de porcos sem o lombo, tal a minha voracidade diante de um espeto daqueles. A partir do momento em que Moisés me explicou que os judeus não comiam a carne de animais não-ruminantes por considerá-los impuros, foi como se todas as toneladas de porco que devorei até aquele momento voltassem das piores profundezas do meu tubo digestivo. No tempo que sucedeu à revelação, eliminei do meu organismo, pela totalidade das vias, todo e qualquer vestígio de porcos passados. Foram quatro dias de cama, levantando apenas para realizar os atos de expulsão no banheiro. No quinto dia, com vários quilos a menos e a ameaça de uma iminente internação hospitalar, minha cura veio na figura de Moisés.

– O que aconteceu com você, *edidá iekará sheli*?

– Do que você me chamou?

– Minha querida amiga. Aqui estou eu no seu quarto, que minha mãe jamais descubra, querendo saber por que você fica doente e não vem mais conversar comigo.

Por mais um milagre do piedoso *Ha-shem*, Moisés bateu à nossa porta e pediu para me ver. Alvoroço na casa quando o rapaz de *kipá* entrou na sala e se dirigiu ao meu quarto. Uma prima de visita, Raquel, que por uma dessas fortunas do destino havia recebido um nome de origem judaica, ficou parada na porta, tentando ouvir o que falávamos. Meu pai, recém chegado do trabalho, adiou o passeio com o Bocão para entender as relações entre sua filha e o garoto ortodoxo. Quanto à minha mãe, impediu que o marido oferecesse um torresminho com cerveja a Moisés e voltou para a novela.

Levantei da cama um pouco depois, estimulada por um convite para jantar na casa de Moisés dali a duas noites, na comemoração do *Rosh Hashaná*, o Ano-Novo judaico. A mãe dele só saberia da minha presença na hora, mas Moisés fazia questão que eu fosse.

– Daí a gente coloca mais um prato na mesa e fica tudo bem.

– Eu vou adorar, Moisés. Pode deixar que eu levo a sobremesa, sorvetão de ovos. Eu mesma inventei a receita.

Na manhã seguinte me alimentei como quem precisasse recuperar a vida perdida, apenas recusando o presunto. Não sei como tive paciência para agüentar os dois dias que me separavam do Rosh. Minha mãe me ajudou a escolher a roupa, sem decotes ou cores vibrantes como convinha a um evento, e a uma sogra, tradicional. O sorvetão de ovos, que levava 24 claras e 18 gemas em sua preparação, estava embalado com fitas e papel laminado para a festa.

Bati na campainha da família Chachamovitch com as mãos suadas e o coração acelerado. A irmã de doze anos atendeu e não disfarçou a surpresa ao me ver ali.

– Boa noite, Cíntia, pode chamar o Moisés?

Ela se foi sem dizer uma palavra e, quando voltou, veio acompanhada pela mãe. A senhora Irena.

– Boa noite, senhora Irena. Posso falar com o Moisés?

– Moisés está ocupado. Hoje temos uma festa nesta casa. Você é...?

– Graça, a vizinha do térreo.

– Moisés está com os homens da família, Graça.

– Eu sei que é o Ano-Novo de vocês. Moisés me convidou para a ceia. Eu trouxe a sobremesa.

Dona Irena e Cíntia olharam para o sorvetão de ovos como se estivessem diante do próprio anticristo. A garota quis saber se eu havia preparado o doce de forma *kosher*. Será que eu havia?

– Querida, você vai me desculpar, mas essa é uma data muito especial para o nosso povo. Moisés não devia ter convidado uma moça gói para a ceia.

– Eu entendo, senhora Irena, mas será que eu poderia falar com ele? Só para explicar que não vou aceitar o convite?

– Eu darei o seu recado, querida. Olhe, eu tenho notado que as conversas de vocês todas as noites têm atrapalhado o rendimento de Moisés na escola. Ele precisa se formar para ir a Israel. Talvez você pudesse pensar nisso daqui para frente, sim?

– Vocês querem ficar com a sobremesa?

– Minha especialidade na cozinha são os doces. Moisés só come os que eu faço. Acho que vai ser desperdício deixar aqui. Boa noite.

O sorvetão de ovos e eu ficamos do lado de fora da porta e descemos, um mais murcho que o outro, os cinco andares até o térreo.

– Já de volta? O que aconteceu com o jantar dos ortodoxos?

– Fiquei enjoada. Vou deitar. Se alguém quiser sorvetão, guardei no freezer.

Desde que conheci Moisés, aquela foi a primeira noite em que não dormi imaginando o *Bar Mitzvah* do nosso filho. Pensava em chamar a criança de Abraãozinho, o que certamente deixaria meu pai enciumado. Mas naquela noite não tive ânimo para imaginar nada e muito menos para recitar sequer uma oração do *Sidur*, livro que contém preces e bênçãos judaicas que agora eu rezava antes de dormir.

Depois

VOLTEI ÀS NOITADAS NA CALÇADA em frente ao *trailer* de cachorro-quente e ninguém pareceu ter notado minha falta. Na verdade, na verdade, minha fase judaica foi breve. Apenas duas semanas, ainda que não por minha vontade.

Moisés não desceu mais para conversar comigo no *hall* do prédio. Aposto que teve problemas com dona Irena e preferiu me esquecer a prejudicar sua viagem ao *kibutz*. E pensar que eu já me via colhendo as batatas plantadas por ele em solo sagrado.

Não me converti ao judaísmo, mas virei conhecedora do assunto. Este ano, no meu aniversário de dezesseis, pedi a meus pais uma linda estrela-de-davi de ouro. Quando me vê com a jóia, dona Irena vira o rosto, ofendida, da mesma forma como fez com o sorvetão de ovos.

Hoje saio com um ciumento e tomo muito cuidado na hora de professar minha segunda fé. Meu atual namorado sabe que virei judia, extra-oficialmente falando, por amor a outro. Mas ele que não me provoque também. Já avisei que, se o vir olhando por mais de dois segundos para qualquer garota, corto o pescoço dele assim como os góis fazem com os porcos impuros.

E ele sabe que eu não estou brincando.

O HIGIÊNICO

SEXO NÃO É PARA GENTE ESCRUPULOSA.

(Pedro Juan Gutiérrez)

Antes

QUANDO DECIDI CURSAR GEOLOGIA enfrentei, de imediato, a oposição de minha avó, que à época morava com a nossa família.

– Não é coisa para meninas. Imagine ficar num acampamento com um bando de homens suados que não vê mulher há meses.

Não sei muito bem de onde minha avó obteve um quadro tão animador a respeito da profissão, mas posso assegurar que, em seis anos de faculdade e mestrado, jamais me deparei com algo tão estimulante assim.

De todo jeito, e para a alegria da minha pobre avó, que enfim morreu antes de me ver formada, a vida no campo não mostrou qualquer atração para mim. Pesquisar, observar, carregar peso, calcular, passar frio, nada disso me desafiou a ponto de eu pular do saco de dormir cheia de energia para mais uma jornada entre as pedras e os minérios. Em compensação, eu gostava da parte acadêmica da coisa e logo vi que o meu destino era não o ar livre, mas a sala de aula.

Foi assim que virei professora-assistente da Faculdade de Geologia, cadeira Paleontologia I, o que deixou minha família orgulhosa e foi motivo para outro churrasco em que meu pai e eu comemos mais costelas do que seria possível um ser humano digerir. A novidade é que, nesse dia, estavam presentes um amigo advogado dele e seu filho igualmente advogado, mas que nem de longe parecia um. Não porque o terno que usava não fosse cinza-ratão e todo mal-ajambrado, como era, mas por um olhar que não remetia a agravos, jurisprudência e *habeas corpus*.

– Conhece o Afonso, Graça? Vocês estudaram no mesmo colégio. Acho até que brincaram juntos.

De casinha, de esconde-esconde ou de médico? Se qualquer garoto da minha infância tivesse aquele olhar, mesmo o mais ranhento e implicante deles, eu com certeza saberia.

– Estranho eu não lembrar.

– O tempo é o senhor da razão, mas também do esquecimento. Não gaste seus fosfatos, Graça. Agora você é professora. Melhor colocar os moleques como Afonso no limbo da sua consciência.

Com que direito o velho inconveniente, pai de Afonso, decidia quem ia para o meu limbo? Se aquele era o melhor uso da palavra que ele podia fazer, pobres dos seus clientes criminosos. Nada os livraria de uma boa injeção letal.

– Eu era muito diferente, Graça. Meu pai me obrigava a raspar o cabelo e eu só usei tênis quando pude comprar um. Mas na certa você me conhecia. O Sapato de Pato.

– Você é o Sapato de Pato?

Sapato de Pato, o saco de pancadas número um do colégio. O excluído-mor, o desajustado-símbolo, o complexado-master da escola. Sempre careca e sem touca de lã, mesmo quando o frio rachava-lhe a pele do crânio e deixava filetinhos quase congelados de sangue pela cabeça inteira, o Sapato de Pato jogava futebol na educação física de sapatos. Grandes e deformados sapatos que, pelo aspecto, deviam ter pertencido antes ao avô e ao pai dele.

Considerando a inadequação do acessório, até que o menino careca não se saía mal dentro de campo. Um de seus gols salvou o time na final de um campeonato interséries e então o Sapato de Pato teve seu breve e talvez único momento de glória, carregado em festa nos ombros dos colegas. Mas logo alguém arrancou-lhe um dos sapatos, que passou a ser chutado pela horda e, quando todos já estavam novamente em aula, o coitado ainda procurava o pé desaparecido entre as plantas do pátio.

Tanto tempo depois, o Sapato de Pato sentado à minha mesa em nada se parecia com o pesadelo do passado.

– Espero não ter sido muito cruel com você.

– Que é isso. Todos foram.

Meu pai serviu mais costela gordurenta e pingando graxa que, como de hábito, peguei com as duas mãos. Julguei ver no olhar do Sapato de Pato, quer dizer, de Afonso, um pouco do desprezo com que o olhávamos no colégio. Ele abriu o guardanapo de papel, colocou no colo e, com seu garfo, escolheu o pedaço mais magro de carne, que comeu separando bem de todo nervo e pelanca.

Os visitantes foram embora lá pelas onze da noite. E apesar do cheiro de sebo que eu sentia em mim, e que Afonso deve ter sentido também, ele me abraçou por alguns segundos a mais do que o convencional e disse, raspando uma gordura endurecida em cima do meu nariz:

– Posso ligar para você amanhã?

Custei a pegar no sono pensando em todas as maldades que o infeliz Sapato de Pato havia sofrido. E só consegui dormir depois de pesquisar na internet, por mais de uma hora, as atribuições e responsabilidades do direito securitário, ramo em que Afonso atuava.

Como grande parte dos brasileiros, também eu não tinha um seguro de vida e não estava preparada para interpretar as diferentes ofertas do mercado. Mas isso iria mudar.

Durante

Um

QUANDO VOCÊ É MUITO JOVEM e decide ser professora, e tão logo você recebe o seu primeiro salário, a coisa certa a fazer é dar graças a Deus por ainda morar com os seus pais. Um dia você vai ter que se virar sozinha e suas preocupações com o sustento de uma casa, filhos, estudos, saúde e mais tudo o que você precisa/quer/tem direito vão tirar o seu sono. No dia do meu primeiro pagamento, achei triste constatar que a maioria das televisões de tamanho médio à venda nas lojas custava bem mais do que eu havia levado um mês para ganhar, mas aquela ainda era a fase da esperança. Não faltaria tempo para eu me amargurar.

Podendo, portanto, gastar em bobagens, resolvi comprar uma roupa nova para sair com Afonso. Ele prometeu ligar e ligou, e iríamos jantar. Reservei um pouco de dinheiro para pagar minha parte na conta, caso Afonso fosse do tipo que acredita em direitos iguais para homens e mulheres, incluídas aí as despesas.

Mas o que usar com um advogado securitário?

Advogados e juízes costumam gostar de *tailleurs*, disse a vendedora da loja de moda para executivas onde entrei. E as opções eram muitas, todas de cores pastéis e cortes sóbrios. Se eu ainda era nova o bastante para ter ilusões com a minha profissão, era um bebê para vestir um troço daqueles.

– E uma calça bonita?

– Bem, não sei exatamente o que quer dizer *securitário*. Mas, pela minha experiência, os criminalistas, os cíveis e os advogados de pequenas causas preferem mulheres de vestido.

Se a vendedora dizia, só me restava acreditar, então peguei o conjuntinho menos "titia" possível, um vermelho-desbotado com a fenda da saia mais pronunciada. Sob o casaquinho de vovó eu colocaria uma camiseta branca, e sem sutiã, apostando que um advogado securitário não era um advogado morto.

Estava enfiando a tesoura no diabo da fenda, que não era tão sensual assim, quando Afonso chegou.

– Naquela churrascaria a duas quadras daqui tem um matambre especial. Vocês vão gostar.

– Hoje a sua filha merece um restaurante francês, seu Tito.

– Ela está realmente encantadora. E de roupa nova.

– Ih, pai, você já me viu mil vezes com essa saia. Vamos indo, Afonso?

– Divirtam-se, queridos. Graça, cuidado com o molho na camiseta branca.

Depois de ouvir várias dicas da minha mãe sobre a remoção de manchas de sopa, fricassê e campari, entrei no carro de Afonso disposto a fazê-lo perdoar os anos e anos do péssimo tratamento dispensado por mim ao Sapato de Pato. O Fiat prata dobrou a esquina e eu já beijava o pescoço dele.

– Me desculpa. Me desculpa. Me desculpa.

– Por que isso?

O pescoço de Afonso não era assim tão comprido, de forma que cheguei-lhe à boca com quatro beijos, no máximo. Ele pareceu inquieto, talvez preocupado com o trânsito, mas esperou por uns dois segundos antes de me escapar educadamente.

– Por que eu deveria desculpar você?

– Pelo colégio. Pelas maldades. Porque eu fui uma vaca.

– Que é isso. Qual é seu creme dental?

– Como?

– Tem antitártaro?

– Bom, eu... sei lá. É minha mãe quem compra.

– Legal você usar com antitártaro. Acumula menos sedimentos. Sabe o que é isso?

– Sou professora da geologia, Afonso.

– Claro. E seu hálito ainda vai ficar mais fresco. Depois do jantar eu empresto o meu para você.

– É que eu não trouxe escova de dentes.

– A gente pára em uma farmácia. Você prefere macia ou média?

Na primeira loja de conveniência Afonso providenciou o objeto para a minha higiene bucal. O pacotinho ficou guardado no bolso dele e tive a certeza de que a escova era apenas o pretexto para a compra de outro produto, do qual certamente precisaríamos após a sobremesa.

Afonso me levou a um restaurante absolutamente comum e barato, com excesso de luzes, nada de decoração e um grande diferencial.

– Já visitei a cozinha várias vezes. É limpíssima. Podemos comer aqui sem medo.

Eu, que sempre havia comido sem medo, aproveitei a noite na agradável companhia de Afonso e de um macarrão à carbonara sem gosto. Não bebemos vinho porque ele tinha uma audiência às sete e meia da manhã seguinte. Depois que o garçom recolheu os pratos, Afonso segurou minha mão e colocou nela um embrulho.

– Veja se gosta.

A escova de dentes devia ter custado uma fortuna, tantas eram as suas funções. Até a dentina ela recuperava. Um sabonete antibacteriano completava o presente.

– Esses sabonetes líquidos de restaurante não fazem espuma. Prefira esse depois de usar o sanitário.

Enquanto usava meu novo kit de autofaxina e o creme antitártaro de Afonso, pela primeira vez coloquei em dúvida a minha higiene. Analisando superficialmente, eu tinha os dentes limpos, o hálito normal e o cheiro corpóreo, como um todo, bastante aceitável. Será que Afonso farejava em mim bactérias decompositoras e fungos se multiplicando?

– Posso ver como ficou?

Mostrei os dentes a ele como um dia fiz para a minha mãe. Já na frente do meu prédio, ia descer do carro quando Afonso me beijou com entusiasmo.

– Não disse que esse creme dental era bom?

Ficamos de sair no fim de semana. Mas antes eu marcaria com a doutora Suzane, minha dentista, uma avaliação rigorosa das condições clínicas da minha boca.

Dois

Início de semestre e eu já enfrentava problemas com os meus alunos.

A cadeira de Paleontologia I era freqüentada, em sua maioria, por estudantes muito jovens do nível básico. Alguns poucos tinham mais de trinta e pelo menos três eram mais velhos que a minha falecida avó.

Acontecia, então, que os calouros não respeitavam minha aula porque me viam como uma igual. Enquanto eu falava de fósseis, os alunos conversavam, saíam da sala, não faziam os trabalhos, discutiam tudo o que eu tentava ensinar. No final, sempre me convidavam para uma cerveja no bar da Sociologia.

Da mesma forma, os de trinta não me levavam a sério porque eu era nova demais. Os bem velhos até que me respeitavam, mas eu não conseguia fazê-los entender o conteúdo e tinha que voltar aos capítulos antigos a todo instante, desagradando aos outros estudantes.

Nesses momentos eu lembrava de uma professora do segundo grau, dona Tânia, que ao menos uma vez por semana saía aos prantos da aula. Ela devia ser ainda mais moça do que eu era agora e, no primeiro bimestre, já estava complemente derrotada pelos adolescentes que devia comandar. Dona Tânia era a inspiração para minhas lágrimas não caírem em plena explicação sobre a era Mesozóica ou a identificação de sítios arqueológicos. Mas, ao chegar em casa, tudo o que eu queria era chorar.

E chorando estava, quando Afonso bateu à minha porta.

– Não é nada, juro. Só alguns incômodos no trabalho.

– Pobrezinha. Depois de chorar, o ideal é que você lave bem o rosto para remover o sal que fica acumulado. Água vai, água vem, você já aproveita e escova os dentes.

– Estão limpos. A doutora Suzane elogiou minha escovação e disse que eu nem tenho mais retração de gengiva.

– Pois isso merece uma comemoração. Posso cozinhar para você?

Fui para a casa de Afonso levando uma muda de roupa escondida na bolsa. Mesmo nas piores circunstâncias eu era uma otimista, e não descartava um pouco de divertimento para esquecer as mazelas da vida.

Grande foi minha surpresa quando entrei no apartamento dele. Parecia que uma dona de casa meticulosa, acompanhada por uma empregada caprichosa, surgiriam de dentro do armário da limpeza a qualquer instante. Roupa atirada, pia cheia de louça, pó acumulado, uma meia perdida, embalagens de pizza velhas pelos cantos, tudo o que eu havia encontrado em outros covis de homens solteiros estava banido dali. Um discreto aroma de lavanda perfumava o ambiente e vi que os CDs ficavam arrumados em ordem alfabética, por gênero e cor das capas.

– Pode ligar a televisão enquanto eu preparo o jantar.

– Prefiro ajudar você.

– Como queira, madame. É só lavar as mãos ali.

Na entrada da cozinha, uma pia igual àquelas de UTI aguardava por mim, com sabonete hospitalar e tudo.

– Não foi uma grande idéia instalar uma dessas aqui? Bactérias, *go home*.

A cozinha de Afonso era, realmente, o lugar mais asséptico jamais visto por mim. Nem a sala cirúrgica onde fui operada do apêndice era tão desinfetada. Pratos, copos, talheres, todos embalados em sacos plásticos, ainda passavam por um equipamento de esterilização. Antes de parar nas panelas, esfregadas com rigor e um sabão especial, qualquer ingrediente inofensivo passava por uma exaustiva lavagem.

A comida de Afonso mostrou-se um tanto aguada também. O tempero, suave demais, tinha o objetivo de desestimular as glândulas a eliminarem o suor. Me ofereci para lavar a louça apenas por educação, como era de meu costume, e ele aceitou. No final, conferiu a limpeza de cada peça, ensaboando novamente o que não julgava desengordurado o suficiente.

Minha paciência estava no limite quando ele surgiu com mais uma das suas escovas de dentes cheias de design e tecnologia.

– Comprei para você. Caso eu tenha o prazer e a sorte de tê-la aqui nesta noite.

Minha paciência teve seus limites instantaneamente aumentados. Em lugar de uma indireta às minhas cáries, mau hálito e gengivite, aquela escova de dentes significava o interesse de Afonso por mim. Tentei beijá-lo em resposta, mas ele me conduziu para o banheiro.

– Seria conveniente usar aquele líquido antibacteriano após o sabonete. Você vai gostar. E eu também.

Afonso mostrou a língua, malicioso, e me deixou entregue ao mais completo ritual de higiene pelo qual eu havia passado antes de deitar com alguém. Até na desinfecção das minhas unhas ele pensou, colocando à minha disposição uma fórmula manipulada para este fim.

Demorei uma hora e treze minutos até me considerar pronta. Afonso me esperava na cama, totalmente nu e higienizado. Tive a impressão de que um halo esbranquiçado se desprendia da pele dele, o furacão branco de Ajax, talvez. Afonso era morno e não tinha cheiro algum, nem de homem, nem de perfume. Para um tipo tão insípido, foi interessante a vontade com que me atacou, e continuou atacando pela noite. Quando o que eu mais queria era dormir, ele sussurrou no meu ouvido.

– Hora do banho.

– Mas daqui a duas horas eu preciso acordar...

Indiferente aos meus protestos, Afonso me banhou como Marlon Brando um dia fez com Maria Schneider, só que com o cuidado de um fiscal da Secretaria da Saúde. Dormi durante os procedimentos e acordei com o despertador às seis da manhã, envolta em um lençol descartável que certamente seria queimado tão logo eu sumisse dali.

Já na sala de aula, a persistir a agradável sensação de ter sido esterilizada, evitei tocar em maçanetas de portas, vasos sanitários, cadernos dos alunos, quadro-negro, a mão estendida do reitor, alunos, cadeiras, telefone, bebedouro, copos de café, tia do lanche, corrimãos, livro de chamada, caneta, revistas, livros, pedras, um fóssil todo quebrado, portão e toalha de banheiro público. Nas vezes em que um rápido contato foi inevitável, lavei as mãos em água abundante, como Afonso havia recomendado, sem fechar a torneira após o uso para evitar algum contágio por bactérias ali esquecidas.

Sabonetes, pastas de dente e desodorantes viraram uma obsessão para mim. Era com prazer que eu experimentava novos produtos e fragrâncias em banhos cada vez mais demorados, a ponto de minha mãe reclamar dos excessos de água e luz. Ao saber de algum lançamento, eu imediatamente o levava para o apartamento de Afonso, para ser testado sob o chuveiro em sessões memoráveis.

– Graça, seu cabelo anda tão fraquinho. Você não devia lavar tanto.

– Você está insinuando que limpeza faz mal, mãe?

– Todo mundo sabe que o cabelo precisa conservar um pouco da oleosidade natural.

– Não o meu. Que nojo!

Fui perdendo a vontade de fazer as refeições em casa ao observar com mais atenção os hábitos de higiene dos meus parentes. Louças, alimentos, panos, utensílios, mãos, nada merecia mais que uma rápida passada de água, insuficiente para dar jeito em milhões de micróbios. Rompi definitivamente com a cozinha doméstica no dia em que vi nossa empregada cortando bifes em uma tábua de carne que devia ter a minha idade. A partir de então, trazia uma quentinha da rua ou chamava alguma entrega nos almoços de domingo.

O prejuízo que essas atitudes causaram para a minha imagem na família não foi pequeno, mas os danos por ingerir alimentos contaminados seriam, com certeza, bem maiores.

A comida, aliás, passou a ser um problema. Aprendi com Afonso a jamais freqüentar um restaurante sem inspecionar a cozinha, e ir à cozinha a cada visita. O primeiro restaurante em que jantamos, aquele da luz branca e da comida sem gosto, logo tornou-se o meu preferido também. Era limpo, e nenhuma luz de velas, e nenhum sabor exótico, e nenhum *maître* cheio de frescuras se comparava a isso.

TRÊS

COMO AFONSO PRECISASSE DA minha ajuda para uma pesquisa sobre os grandes casos do seguro patrimonial de todos os tempos, deixei de preparar o conteúdo de Paleontologia I com a antecipação que julgava apropriada. O que no início pareceu negligência revelou-se uma excelente solução para meus problemas: as aulas mais rasteiras agora atendiam perfeitamente aos interesses da turma. Ninguém reclamava mais das minhas exigências e eu também já não chorava, o que se mostrou um bom negócio para todos.

Aos poucos a geologia ficava mais e mais sem-graça diante dos desafios do ramo securitário, descobertos por mim a cada ida às bibliotecas especializadas. Eu cogitava até mesmo um novo vestibular para ciências atuariais, a ciência do seguro. E do futuro, na opinião de Afonso. Meu pai é que não gostou nada dos novos planos.

– Se o Afonso se atirar de uma janela, devo imaginar que você pula junto. É isso?

O velho argumento dos pais sem argumento: a ironia. Quem já não sofreu com o escárnio paterno ou o deboche da mãe ao apresentar uma idéia durante o jantar?

– Você perdeu a personalidade, Graça. Só pensa em limpeza e em seguro de vida. O que vai ser de você se esse namoro terminar?

Depois

JAMAIS VOU AFIRMAR QUE TENHAM sido as energias negativas do meu pai, embora uma amiga mística, a Amanda, assegure que sim. Racionalmente, creditei o progressivo afastamento de Afonso ao desgaste natural dos relacionamentos.

– Três meses é pouco para desgastar. Foi o seu pai. Na próxima vez use um colar de olho-de-tigre.

Supondo que me sobrasse a disposição necessária para matar um tigre e arrancar seu olho, acho que mesmo assim Afonso não ficaria comigo. Sem qualquer explicação, ele começou a desaparecer dos nossos encontros, marcar reuniões no fim de semana e não atender o telefone. Nessas ocasiões eu tomava longos banhos, daqueles de esfregar a alma, e preparava o conteúdo de Paleontologia I sem a menor vontade, apenas para não pensar no meu abandono. Os alunos não guardarão saudades do meu período depressivo, com as aulas e as provas duras a que foram submetidos.

Depois de duas semanas de distância, Afonso me convidou para ir ao restaurante de sempre e confessou que estava saindo com uma advogada da mesma área, colega de um recente Congresso de Sinistros. Eu já estava satisfeita, mas ele ainda fez questão de contar que seu coração nunca havia amado tanto. Levantei sem sequer provar meu macarrão sem sal com ervas suaves e já estava na porta quando pensei em algo para responder.

– Sapato de Pato, seu sujo.

No Calçadão, a vitrine das Americanas exibia os novos lançamentos da Gessy Lever, um mix de camomila, calêndula e rosas para uma higiene luxuosa. Comprei também o shampoo e o creme purificante para o corpo inteiro.

Toda história sempre deixa alguma coisa, enfim. Bastava eu cancelar meu seguro pessoal com o escritório de Afonso e refazer com outra companhia e estaria protegida para sempre. Quem, aos vinte e três anos, tinha essa tranqüilidade?

Sem falar no cheiro de camomila, calêndula e rosas.

O FUMANTE

NÃO QUERO ME EXPLICAR, O CIGARRO ME ABREVIA.

(Fabrício Carpinejar)

Antes

NUNCA FUMEI, MAS SEMPRE tive a impressão de que um cigarro, de manhã cedo, devia se parecer com o sexo oral feito ao acordar. Uma boca sonolenta e já cheia de fumaça era, para a minha sensibilidade, algo tão impraticável quanto bilhões de espermatozóides matinais descendo pela garganta ao raiar do dia.

Então me apaixonei por um fumante.

Durante

Um

SOUBE QUE ELE FUMAVA desde a primeira vez em que nos encontramos, no aniversário de alguém que eu não conhecia e para o qual fui levada por pessoas que nunca havia visto. Mas claro que isso só aconteceu porque eu estava em algum lugar que não lembro com amigas que não sei quem eram, e a coisa se armou tão naturalmente que terminei a noite na festa de Vânia. Ou Vanda. Ou Vivian, não poderia dizer ao certo.

Já ele era íntimo da casa e de Valéria. Ou Verônica. Ou Valesca, não importa. Abria a geladeira sem a menor cerimônia, mexia nas gavetas em busca de talheres e guardanapos, recebia os convidados. Talvez fosse mesmo o marido de Vanice. Viviane. Vanessa?

Lá pelas quatro da manhã, quando o vinho e o sono, misturados, faziam de mim um pedaço de carne amolecida em uma poltrona ocupada também por um casal se beijando, ele sentou no chão ao meu lado.

– Nunca vi você aqui.

– Nem eu.

– Amiga da (nesse ponto, minha memória falha e não consigo lembrar o nome que ele falou)?

– Amiga das amigas das amigas das amigas. Das amigas.

– Aceita um cigarro?

– Eu não fumo.

Ele não ouviu minha resposta ou não entendeu porque o Robert Smith cantava "Fryday I'm In Love" a plenos pulmões no som da sala. Era sexta-feira e um cigarro aceso se aproximou da minha boca.

– Esse nós vamos fumar juntos.

– É que eu não...

O cigarro foi introduzido com delicadeza, mas firmeza, entre os meus lábios. Eu só precisava agora fazer o movimento de sucção, correndo o risco de me auto-incendiar devido à quantidade de vinho dentro do meu corpo.

Cuspi o cigarro aceso na poltrona. O casal parou de se beijar e ficou me olhando.

– Eu não fumo.

– Então vou guardar para mais tarde. É o nosso último.

Ele apagou o cigarro no tapete gasto e manchado.

– Eu não fumo.

– Desculpe, não sei seu nome.

– Graça.

– Seus pais lhe fizeram justiça.

– Obrigada. E o seu?

– Dudu.

– Um nome ótimo. Já namorei quatro Eduardos.

– No meu caso, é Durval. Durval Amaral.

– Ah. Pelo menos é diferente.

Dudu, ou Durval, ficou me encarando com o cigarro apagado entre os dedos.

– Sabe que está me dando uma vontade irresistível de beijar você?

O casal ao meu lado se desinteressou do assunto e voltou aos seus contorcionismos linguais. O certo seria eu pedir ajuda para algum amigo em volta, socorro, tem um cinzeiro querendo me beijar, mas não conseguia lembrar de nenhuma das pessoas a minha volta. Aquele desconhecimento de tudo começava a perder o encanto.

O rosto de Dudu foi chegando mais perto, quatro olhos, dois narizes e, pior, duas bocas. E quando ele enfim consumou suas intenções, descobri que beijar um fumante não era sacrifício algum. Quantas oportunidades perdidas por causa do preconceito, meu Deus.

– Um cigarrinho agora?

– Já disse que não fumo.

– Mentirosa. Sua boca tem gosto de cigarro.

E o resto da noite se passou entre um beijo no cigarro e uma tragada em Dudu, e bem mais tarde, tentando dormir, eu sentia igualmente em mim o cheiro de um e de outro.

DOIS

DURVAL AMARAL DORMIU PELA primeira vez na minha casa duas noites depois. Para um fumante, devo reconhecer que ele tinha bastante fôlego.

Já então eu dava algumas tragadas por pura brincadeira. Dudu se deleitava ao me ver fumando, e que mal havia em agradar alguém de quem se começa a gostar?

No domingo seguinte fui almoçar com minha mãe para falar da novidade.

– Seus cabelos estão cheirando a fumaça.

– Tem a ver com o que vou contar para você.

– Vai me dizer que começou a fumar depois de velha?

Disse a ela que estava saindo com Dudu e que ele era muito diferente do que imaginávamos sobre um fumante, apesar das duas carteiras consumidas por dia.

– Então aproveite o sujeito enquanto é tempo. Esse não vai longe.

Assim como eu antes de Dudu, minha mãe não tinha qualquer boa vontade para com os fumantes. Anos e anos com os churrascos em família empesteados pelo cunhado, Mário, que se orgulhava de consumir os cigarros mais baratos do mercado e ter uma saúde de ferro, fizeram dela uma aiatolá do antitabagismo. Tempos depois, quando o tio abandonou a mulher e foi proibido de se aproximar da nossa rua, minha mãe colou um cartaz que dizia *O cigarro mata* na parede da churrasqueira, com uma foto do ex-cunhado substituindo a caveira original.

Fiquei de apresentar Dudu aos meus pais na semana seguinte, desde que ele não fumasse dentro de casa, e nem fora. Por outro lado, fui jantar com a família Amaral e lá encontrei um casal e três filhos saboreando seus cigarros sem pudor e sem culpa. O primeiro que limpou o prato não esperou pela sobremesa para acender um. O irmão menor, de quinze anos, terminou de sorver a bagana que o pai fumou até o filtro. Só para ter o gostinho, disse a mãe.

Interessantes os relacionamentos que começam por nada, sem qualquer nervosismo e expectativa, e seguem tranqüilos pelos próximos dias ou meses ou anos, até surgir alguém digno de causar nervosismo e expectativa em uma das partes. Esse era o meu namoro com Dudu. E até que era bom.

Ele, gerente de uma grande imobiliária, chegava todas as noites com alguma surpresa, uma revista, um chocolate ou uma piada, que dividia abraçado comigo e enfileirando cigarros "para relaxar". Às vezes saíamos para jantar na ala dos fumantes, em outras Dudu inventava massas e sanduíches que me pedia para ir experimentando durante o preparo, já que o seu paladar andava meio alterado. Tem a ver com o meu pigarro, autodiagnosticava. Voltamos diversas vezes à casa de Vanja-Vitória-Viviane, onde o conheci, e mesmo sem decorar o nome dela entendi a amizade que os ligava: os dois haviam fumado juntos pela primeira vez aos dez anos de idade, na sacristia da igreja onde faziam o catecismo. Agora, aos trinta e um, tinham já perdido a conta das hostilidades pelas quais passaram, unidos, para assegurar o direito ao seu hábito.

Essa foi outra novidade que Dudu trouxe à minha visão sobre o cigarro, considerá-lo um *hábito* e não um *vício*. E quando retruquei que *hábitos* tinham um caráter bem mais inofensivo, como, por exemplo, não perder a novela das oito ou correr todas as manhãs, Dudu contra-argumentou que novelas emburrecem e o *jogging* causa lesões à maioria dos praticantes.

Um dia, tirando as compras da sacola do supermercado, Dudu encontrou um pacote daqueles com vinte maços, mas de uma marca que não era a sua preferida.

– Ih, você errou o crivo (era como ele chamava o cigarro entre quatro paredes).

– São para mim.

Sem dar maior relevância ao fato, comprei uma marca do tipo *light* (sinta todo o prazer de uma vida mais saudável) para estrear oficialmente no mundo dos fumantes. A sensação de abrir uma carteira depois do jantar foi agradável, diferente do gosto que ficou na minha língua e que precisaria de uma escovação caprichada e de um chiclete de menta extraforte para desaparecer. Mais tarde, fumarmos juntos na cama pareceu fortalecer a nossa relação. O beijo que recebi de Dudu antes de dormir, e que eu retribuí com a boca enfumaçada, me deixou ainda mais perto dele.

Três

PARA A DESGRAÇA DE MINHA MÃE, agora eu era uma fumante. Sofria em locais com restrições e ficava inconformada com regras estúpidas, como a proibição do cigarro em aviões ou dentro de shopping centers.

Dudu assistiu a minha transformação um tanto surpreso e bastante orgulhoso. Em toda a sua carreira de fumante devo ter sido eu a única pessoa que não quis salvá-lo e que ele, ainda por cima, converteu.

Mais de um ano depois da festa de Violeta, ou Vanderléa, ou Virna, Dudu começou a falar em casamento. Em um fim de semana na serra, o ar puro entrando de forma enjoativa no quarto, fui despertada com um cigarro envolto por um anel de compromisso. Eu já não tinha problemas em beijar antes de escovar os dentes, agora que meu hálito de fumo era mais forte que as bactérias da noite, então nos beijamos muito, e rimos, e brincamos, e fizemos planos, e Dudu colocou o anel no meu dedo e acendeu o cigarro para nós.

Até então eu nunca havia fumado ao acordar. Um copo de leite antes, com suas propriedades desintoxicantes, me parecia o antídoto perfeito para um longo dia de fumaça. Naquela manhã de paixão não foi possível evitar. A primeira tragada me causou uma tontura tão forte que caí para trás de olhos fechados, a cabeça rodando. Dudu interpretou meu abandono como um convite e imediatamente se deitou sobre mim.

– Sabe que esse cigarro na sua boca me dá uma grande idéia?

Não precisei abrir os olhos para entender a idéia dele. Só digo que meu enjôo piorou muito e que voltamos para casa bem mais cedo, eu vomitando por toda a romântica estrada da serra.

Depois

FICAMOS CASADOS POR TRÊS ANOS e foi tudo ótimo desde o início, com exceção da festa do noivado, quando minha mãe separou as duas famílias em salões diferentes. Dudu era o tipo de marido que levava o cigarro na cama e fazia o jantar todas as noites. E não houve oportunidade em que ele não tenha demonstrado seu amor e seu desejo por mim, ainda que às vezes eu preferisse dormir sem tantos malabarismos.

Nosso casamento esfriou quando eu fui transferida para o Campus Dois da Universidade e lá conheci um professor de agronomia que era militante radical das causas verdes. Desde que me viu no espaço destinado aos fumantes, um canto úmido à esquerda dos latões de lixo orgânico, o professor conhecido entre os alunos pelo apelido de Sementinha considerou uma das prioridades da sua luta dar um fim ao meu vício.

– É apenas um hábito, professor.

Ele nunca aceitou essa visão. Mais algumas semanas e eu estava cooptada para a causa ecológica, e então me vi jogando meus cigarros fora assim como as crianças se desfazem da chupeta para ganhar um brinquedo do Papai Noel.

Nesse mesmo dia fui conhecer o apartamento de Sementinha.

Nessa mesma noite disse a Dudu que queria me separar.

Sem desconfiar do meu envolvimento com outro, Dudu sugeriu um afastamento temporário e soluções do tipo viagem-filho-camas separadas-terapia de casal para salvar o que ele, afinal, não imaginava em perigo. Não pude aceitar. Àquela altura, já estava completamente apaixonada pela ecologia e tinha planos imediatos de constituir uma ONG com Sementinha. Dudu já era o meu passado.

Quando encontra alguma amiga minha, Dudu sempre fala que eu fui sua maior decepção e que agora concorda com quem diz que nenhuma mulher gosta de quem a trate bem demais. De qualquer jeito, não foram poucas as vezes em que acordei na cama de lençóis de algodão não-alvejado de Sementinha com uma insuportável vontade de fumar.

Ou será saudade?

O SIMPLES

NÃO SEI QUE NOME VOCÊ DARIA A ISSO.
Bem, não importa muito, chame do que quiser.
Eu chamo de amor.

(Marçal Aquino)

Antes

APÓS UM PEQUENO AUMENTO de salário um amigo disse que, na primeira ida ao supermercado, passou pela prateleira dos vinhos mais baratos, os que ele havia comprado no dia anterior, fazendo de conta que não os conhecia. Este amigo logo constatou que suas exigências haviam crescido mais que o salário. E, assim, precisava agora de muito mais dinheiro para viver do que antes de receber o aumento.

Eu sabia bem do que ele falava.

Depois que os professores federais ameaçaram não voltar para a sala de aula até o final do ano, e estávamos então em junho, o governo se dignou a conceder uma pequena reposição e prometeu reabrir negociações no janeiro seguinte. E todos voltaram para a Universidade com um mínimo de dinheiro a mais para segurar as urgências.

Mas não eu, que tratei de entrar em uma loja e gastar muito mais que a reposição em roupas, tudo parcelado sem juros no cartão de crédito. Meu guarda-roupa reclamava uma renovação e, feitas as contas, bastava eu andar menos de táxi e mais de ônibus e tudo estaria sob controle. Se eu não morresse espremida no transporte coletivo, claro.

O vendedor gentil e ponderado que, em diversos momentos, perguntou se eu precisava mesmo de todo aquele enxoval, carregou minhas sacolas até a porta e me deu seu cartão.

– Demore para voltar. Uma menina bonita e inteligente como você não precisa gastar tanto em roupas.

Quinta-feira, dezesseis horas e quarenta e dois minutos. Havia acontecido novamente.

Saí da loja amando um desconhecido.

Durante

Um

Ligo ou não ligo? Não ligo, óbvio. O cara vai achar que eu sou louca. Ligo ou não ligo? Ligo. Como alguém escreveu com caneta Bic na porta do banheiro da faculdade, *curta que a vida é curta*. Ligo ou não ligo? Ligo, mas com uma desculpa profissional: a troca de uma das blusas que comprei.

– Por favor, o Vander (era como ele se chamava)?

– Está atendendo. É só com ele?

– É, eu quero falar sobre uma compra.

– Só um minuto.

Mas demorou bem mais que isso para Vander pegar o telefone.

– Alô?

– Puxa, Vander, eu já ia desistir.

– Desculpe, qual o assunto?

– Não sei se você vai lembrar, meu nome é Graça. Comprei algumas coisinhas com você hoje.

– A moça que levou a loja inteira?

O mais engraçado é que Vander parecia chateado por ter ganho uma boa comissão com o meu consumismo exagerado. E isso, convenhamos, ficava irresistível em um vendedor.

Inventei que daria a blusa de presente para uma amiga e precisava trocá-la por um número menor. Depois eu trataria de emagrecer para não parecer um embutido dentro dela. Vander se prontificou a guardar a mercadoria até o dia seguinte, mas aleguei pressa e combinei de ir à loja perto das dez da noite. Antes, pedi o carro emprestado para o meu pai já com a intenção de oferecer uma carona ao vendedor em final de expediente.

Se havia algo que eu admirava em mim era a capacidade de pensar como um cafajeste sempre que disso dependesse a minha sobrevivência.

Dois

– EU DISSE QUE VOCÊ não precisava me trazer.

Ele realmente morava longe, tanto que talvez eu não conseguisse voltar para a civilização. Por outro lado, os quase setenta quilômetros até seu prédio me deram a oportunidade de conhecer melhor meu novo objetivo de vida.

Vander pagava a faculdade particular de sociologia com seu trabalho na loja de roupas de grife. Ele odiava o consumo, a futilidade e a própria moda e esperava estar livre de tudo isso no final do ano, ao apresentar o trabalho de conclusão intitulado *De volta ao simples: a reestruturação da sociedade.*

– Eu quero ser professor em colégios burgueses para despertar a idéia de uma vida mais focada no essencial.

– É uma missão muito bonita, Vander.

– Bem, muito obrigado. Não fosse a sua carona, eu demoraria quase duas horas para chegar aqui.

– É o tempo que eu levo para chegar na minha casa. Este carro é do meu pai, eu só ando de ônibus. Até prefiro.

– Então até a próxima.

– Você vai fazer alguma coisa amanhã de noite?

– O mesmo que hoje. Jantar com a minha mulher e escrever meu trabalho de conclusão.

– Isso sim é essencial.

– Meu trabalho de conclusão?

– A sua mulher.

– É verdade. Apareça na loja, mas não para comprar. Você não precisa de roupa nova pelos próximos quatro anos.

Vander me deu um beijo no rosto e desceu. A enorme distância a percorrer pareceu maior ainda diante da triste revelação. O homem tinha mulher, coisa que havia passado longe da minha cabeça. Que atitude os demais cafajestes em ação no mundo tomariam em uma situação assim?

Quando finalmente cheguei, duas horas, inúmeros enganos pelo caminho e um tanque de gasolina a menos depois, estava resolvida a esquecê-lo. Mas foi a lembrança dele que trouxe sentido político e social ao que seria apenas a minha infeliz entrada em um ônibus lotado na manhã seguinte.

Três

– E ESSAS SACOLAS AQUI?

– Roupas para dar. Eu não preciso de tudo isso.

– Mas você vive dizendo que não tem nada para usar!

– Isso foi antes, mãe. Eu percebi que estava sendo egoísta e quero distribuir um pouco do que tenho. Eu não preciso de tanto para ser feliz.

– As minhas filhas precisam. Dá licença, dona Mirian, que eu vou levar tudo.

Maria Odete, a faxineira, sumiu com boa parte do meu guarda-roupa, na certa temendo que eu mudasse de idéia. Pegue o que quiser, mulher. Eu não vou me arrepender.

Não parei de pensar em Vander e, muito menos, em encontrá-lo. Agora eu sempre passava pelo shopping antes ou depois das minhas aulas para tomarmos juntos um copo de água. Em uma tarde em que conversávamos sobre relacionamentos de todas as ordens, Vander me fez uma espécie de declaração do amor simples.

– Eu poderia viver para sempre com você e as suas idéias.

As idéias, na verdade, eram de um livro da Bety Orsini que eu adorava, mas estavam tão misturadas às minhas próprias que eu não seria capaz de dizer onde começava o original e terminava a falsificação. Se é que isso importava.

Vander era simples ao extremo. De boa família, abandonou a casa dos pais para praticar sua filosofia de viver com o mínimo. Incrível como se apresentava moderno e bem-vestido com o quase nada que possuía: duas calças, duas camisas, duas camisetas, duas meias do tipo invisível, duas cuecas boxer, dois casacos, duas bermudas, dois cintos, dois bonés, duas toucas, tudo aos pares para lavar um enquanto usava o outro. Tão logo terminasse a faculdade, iria embora para São Paulo catequizar os jovens burgueses com os preceitos da vida simples.

– O muito é a desgraça do mundo. A propriedade como a conhecemos deve ser abolida.

– Mas você não acha que já tentaram isso? Quer dizer, Marx, Trotsky, Mao, essa gente toda?

– A diferença é que não foi dado a ninguém escolher. Eu proponho o simples como opção.

– Sei não. A sociedade não vai comprar essa idéia.

– Ou é isso ou é o fim, Graça. O simples significa menos ambição. E menos produção. E menos poluição. E mais uma chance para a humanidade.

– Eu estou convencida, Vander. O problema são todos os outros.

Reconhecendo minha solidariedade, ele pegou minha mão. Foi bastante simples nossas cabeças se aproximarem e a proximidade virar um beijo. E, mais simples ainda, entrarmos escondidos no pequeno depósito da loja para algo que, descontadas as influências, a pessoa que eu nasci nunca imaginou fazer.

– Não têm câmera?

– Esqueça tudo. Seja simples.

Não consegui. Fiquei imaginando os seguranças do shopping monitorando a cena pelo circuito interno, e talvez aproveitando o ensejo para uma rápida masturbação coletiva, ou então chamando a força-tarefa para nos conduzir, seminus, até a gerência de operações. Em um caso desses, a foto dos envolvidos sairia na Geral ou na Polícia?

Mesmo com tantas preocupações, deixei o depósito ainda mais apaixonada por Vander.

– Até amanhã.

– Vá direitinho para casa.

– Eu volto.

– Eu espero.

– Vander, uma cliente sua quer confirmar a referência de uma bota.

Sem dramas, sem cobranças, sem dúvidas. Até prova em contrário, a simplicidade era mesmo o caminho para a felicidade.

Depois

NÃO DEMOROU UMA SEMANA. Com o seu jeito simples, Vander me disse que amava a mulher e sofria por enganá-la. Mas que também estava sofrendo por se separar de mim.

Eu sabia que era verdade.

Não vou mais ao shopping. Sinto falta tanto de Vander quanto das roupas que dei para a faxineira, mas pelo menos não me atraso mais nas manhãs antes das aulas, indecisa sobre qual vestido usar. Agora que dependo de ônibus para tudo, quanto mais cedo eu sair de casa, melhor.

As vantagens de ser simples.

O POETA

SAUDADE É UMA PALAVRA
Da língua portuguesa
A cujo enxurro
Sou sempre avesso

(Waly Salomão)

Antes

SEMPRE GOSTEI MAIS DE PROSA, mesmo que meu pai tivesse Mario Quintana, Manuel Bandeira e Drummond nas prateleiras centrais da estante lá de casa. E ainda que, na saída de suas aulas de francês, minha mãe insistisse em recitar versos para treinar a língua e intrigar a filha.

– *Un éclair... puis la nuit! Fugitive beauté*
Dont le regard m'a fait soudainement renaître,
Ne te verrai-je plus que dans l'éternité?
Ailleurs, bien loin d'ici! trop tard! jamais peut-être!

– Se você estiver recitando o manual de instruções da torradeira, mãe, ainda assim achei lindo.

– É Baudelaire. *Savage.*

Minha preferência sempre foram os romances, quanto mais páginas, melhor, latino-americanos acima de tudo. Tive a fase de ler escondida para não destoar da ignorância dos colegas e a fase rebelde de exibir minha leitura até em aniversário de criança, deixando o livro de lado apenas para cantar os parabéns. Como saldo ficaram idéias e histórias que eu às vezes apresentava como minhas, já que ninguém do meu grupo conhecia a autoria delas.

Mas naquela noite, não sei por qual iluminação, resolvi ir ao Sarau Elétrico, um tradicional encontro de literatura das terças-feiras na cidade, para a apresentação de um jovem poeta local. Minha outra alternativa era corrigir as provas trimestrais dos meus alunos. Equívocos por equívocos, ao menos eu pediria uma vodca para o tempo passar mais rápido.

Só que eu não queria mais que o tempo passasse quando os três apresentadores do Sarau começaram a ler os textos do novo poeta. Para minha própria surpresa, eu estava gostando da obra e mais ainda do autor, Kleber K., não sei se de nascença ou nome artístico.

E cortejo o tempo
Para que te traga mais cedo
Que ando tão seco
E o amor que guardas aí dentro

*Tem meu nome.**

Eu vivia uma entediante entressafra amorosa, daquelas de ouvir as letras das músicas mais românticas e não pensar em nin-

* Os poemas e fragmentos de Kleber K. são do poeta Everton Behenck.

guém. Às vezes até apareciam alguns interesses eventuais, mas nada que merecesse uma segunda chance de parte a parte. Deve ter sido por isso (evito usar a palavra carência por me considerar superior a este tipo de problema) que a poesia de Kleber K. me perturbou tanto.

Então não demora
Que me afogo em horas
Tão longas
Pressentindo teus olhos

Na esperança de que eles me salvem.

De tanto ir ao Sarau eu já era conhecida, ao menos de vista, pelos apresentadores do evento. Assim que as leituras terminaram, dei um jeito de me aproximar da mesa onde eles agora bebiam vinho com Kleber K. e mais dois poetas já famosos, Carpinejar e Paula Taitelbaum. Podia ser a minha humilhação, mas também podia ser a consagração. Com o velho otimismo de sempre, considerei apenas a segunda hipótese e abordei um dos integrantes da turma, o professor Moreno.

– Professor, dá licença?

– Pois não?

– Eu também sou professora e gostaria de participar da mesa de vocês.

– Bem, não tem nada de acadêmico acontecendo aqui.

– Melhor ainda. Poderia me servir uma taça do seu vinho?

O professor, especialista em deuses gregos, serviu-me da bebida de Baco (haveria um deus também para a vodca?) e tratou de se despedir, deixando a cadeira vaga exatamente ao lado de

Kleber K. Para não parecer fácil demais, me dirigi primeiro a outro dos apresentadores do Sarau, o professor Fischer.

– A leitura estava excelente, professor.

– Muito obrigado. Você também é poeta?

– Não. Ainda não. Talvez em breve. Sou professora.

– De literatura?

– Paleontologia I.

– Podes crer.

Lembrando que precisava cuidar do filho pequeno, o professor Fischer despediu-se também. Restávamos agora eu, Carpinejar e Kleber K. em plena prosa poética e Paula Taitelbaum falando em particular com Kátia, apresentadora e musa do Sarau. Tentei uma aproximação com as duas.

– Paula?

– Sim?

– Sou sua leitora. Pena não ter trazido meus livros para você autografar.

– Tudo bem, outro dia eu autografo.

– Posso ouvir a conversa de vocês?

– Puxa, acho que o meu assunto já acabou.

– Então substituo você no papo com a Kátia.

– Infelizmente está na minha hora também. Fique à vontade, até a próxima.

Kátia levantou balançando os cabelos negros e saiu junto com Paula. Minha única chance era Carpinejar ter uma súbita inspiração e puxar do papel para escrever um poema de emergência. Só assim Kleber K. teria olhos para quem ainda resistia na mesa.

O bar fechou, os dois poetas desceram a escada falando de suas influências e o garçom cobrou de mim a garrafa de vinho. Caminhei até o estacionamento sentindo uma tristeza tão grande que só um verso poderia exprimir.

Uma noite que termina
É só uma noite
Ou será a minha vida?

Meu primeiro verso. Não sei o que os críticos pensariam, mas talvez eu levasse um certo jeito para a coisa.

Durante

JOVEM POETA LANÇA SEU primeiro livro com happening *no parque.*

A notinha quase escondida no caderno cultural do jornal me fez abandonar a correção da prova em que um aluno confundiu o sítio paleontológico de Santana do Cariri, no Ceará, com a Feira de Acari, no Rio de Janeiro.

O lançamento seria bem na hora da minha aula para a turma 14. Bem, a turma 14 ficaria sem professora, e talvez nem percebesse. Tratei de ligar para o coordenador do curso informando uma indisposição, que necessitaria de atestado médico, e passei a mão em um Drummond da estante para aumentar minha ansiedade.

Eu te amo porque te amo.
Não precisa ser amante,
e nem sempre sabes sê-lo.
Eu te amo porque te amo.
Amor é estado de graça
e com amor não se paga.

Uma dúvida prosaica que sempre me assalta é: o que vestir em uma primeira vez? E para um poeta, então, o que usar? Sendo a ocasião um *happening* (algo como um monte de gente reunida para ficar feliz, se bem me lembro das imagens históricas dos anos 70), talvez uma longa saia de estampa floral, e flores também nos cabelos. Mas não havia nada parecido com isso no meu guarda-roupa e, para piorar, eu tinha praticamente raspado a cabeça há menos de dez dias. Nem uma caspa pararia no meu crânio sem um pouco de cola.

Um terno branco que usei em um casamento, só que sem nada sob o casaco e com tênis de lona nos pés. Era assim que eu saía pela porta do prédio quando cruzei com meu pai.

– Opa, mizifia. Indo para o terreiro?

Sempre achei meu pai engraçado, menos nas vezes em que ele dirigia seu humor burlesco, digamos assim, à minha pessoa.

– Pai, às vezes você esquece que eu sou uma moça.

– É esse seu cabelo, filha.

A van se aproximava, de modo que me despedi dele com um apressado aperto de mãos que só colaborou para a masculinidade da minha imagem. Tive a impressão de que todos me olhavam na rua, diabo de povo que ainda estranha alguém vestido e penteado com mais criatividade que a média.

Mesmo no ambiente tão livre do *happening*, a minha roupa se destacava, o que podia ser um ponto a meu favor. Os demais participantes estavam todos de jeans e camiseta, com exceção de uma garota loira, alta e de minissaia, que recitava os poemas do autor em cima de duas cadeiras ajeitadas como um palco.

Só existem os caminhos
Por onde passaram tuas pernas
Na altura dos saltos
Acima dos sonhos
No segredo da saia

Não existe nada
Se você não passa

Não acho direção

E os olhos não sabem ver

Algum lugar para ir que não seja você.

Seriam às pernas e demais partes da loira que o poema se referia? Antes que eu pudesse saber, Kleber K. surgiu do meio das árvores acompanhado por vários garotos e garotas, uma espécie de Flautista de Hamelim encantando seu público. Interessante como eu já utilizava imagens poéticas para descrever o que via. Assim que chegasse em casa, transformaria minhas sensações em versos.

Kleber K. sentou na mesa instalada perto de uma fonte seca e preparou a caneta para os autógrafos. A bem da verdade, nenhum de seus jovens admiradores trazia sequer um livro para que ele assinasse.

Duas senhoras, possivelmente a mãe e uma tia mais velha do poeta. Duas moças com jeito de bibliotecárias, quem sabe em busca de uma doação. O professor Fischer, que aparentemente não me reconheceu. Carpinejar com alguns fãs próprios. E eu, encerrando a fila. Dessa vez, nada impediria Kleber K. de dedicar todo o seu tempo a mim, tão logo encerrasse mais um colóquio com Carpinejar.

(Mais tarde eu faria um soneto rimando colóquio com Pinóquio.)

Foram mais de vinte minutos, tempo o bastante para todos os miseráveis trabalhadores do parque me oferecerem seus produtos: loteria no escuro, algodão-doce, caneta Bic, agulheiro. Por medo ou culpa comprei tudo, menos o algodão-doce. O vendedor com aparência de indiano me olhou com desprezo.

E então ele me recebeu.

Educado, Kleber K. beijou minha mão. Teria ele lembrado do meu rosto lá no escuro do bar e no obscuro de suas recordações? (Lá no escuro do bar e no obscuro de suas recordações. Eu estava ficando boa nisso!)

– Bem-vinda.

– Muito obrigada. É um prazer conhecer você.

– Já leu minha obra?

– Tomei conhecimento no Sarau. Fiquei encantada. Até mais que isso.

– E o que seria "até mais que isso"?

– Hum... Só conto depois do segundo copo.

– Você é poeta?

– Iniciante.

– E para quem dedico o livro?

– Para mim mesma. Graça.

– Você tem poesia no nome.

– E onde mais?

– Só conto depois do segundo verso.

Kleber K. sentou para escrever e perguntou, como para não errar o texto:

– Graça GLS?

– Não... G... R... A...

GLS, gay, lésbica ou simpatizante. Kléber K. acabava de perguntar a minha orientação sexual para rabiscar um autógrafo no livro.

– Por que você perguntou isso?

– Para não errar o texto.

– É por causa do meu terno?

– Eu respeito todas as orientações, moça. Apóio todas também. Não me entenda mal.

– Ou foi o meu cabelo?

Envolvido com a dedicatória, Kléber K. não respondeu. Notei dois homens impacientes atrás de mim. Eu havia esperado muito para chegar até ali, eles que aguardassem por algumas linhas.

– Pronto. Inspirado em você.

– Pode ler para mim?

– Posso declamar.

– Sério?

Aqui choveu
Quando você se foi

E lá depois do céu
A lua entristeceu
Por saber que à noite
Não te veria nua
Pela janela do meu quarto.

Os jovens ali perto, os vendedores de inutilidades, as crianças no escorregador, as babás entediadas e mesmo as formigas, supondo-se que tivessem alma, como queria o budismo. Ninguém em volta ficou indiferente aos versos que Kleber K. me dedicou. Nos minutos em que fiquei emocionada demais para reagir, os homens atrás de mim avançaram na fila e tomaram meu lugar junto ao poeta.

– Dá licença, eu ainda não terminei com ele.

Os dois não saíram, nem responderam. Ocupado em atendê-los, Kleber K. me rebaixou do paraíso para o limbo. Pensei em comprar outro livro e voltar para um novo autógrafo, mas o salário de professora-assistente não me permitia nada tão extravagante. Parada ao lado do poeta, mendiguei um olhar que não veio. E pensar que os pedintes do parque conseguiram de mim moedas, vales-transporte e minha única nota de cinco reais com tanta facilidade.

A brisa da tarde, se não despenteava meu cabelo, fazia o terno branco tremer como uma vela ao vento. Curioso como eu já não conseguia raciocinar sem o uso de figuras de linguagem. Um grupo de ninfas com saias longas floreadas e flores nos cabelos longos se aproximou de Kleber K. Se eu já estava só, aquele foi o meu exílio. O poeta apagou o mundo inteiro e se desmanchou em rimas para as garotas.

Depois

NO ÔNIBUS, UM RAPAZ TRISTE me ofereceu o lugar e ficou apoiado em mim, felizmente com uma pasta de propaganda de laboratório servindo de anteparo entre o seu corpo e o meu ombro. Li e reli Kleber K. até chegar ao meu ponto. O rapaz triste também desceu e caminhamos juntos e quietos por alguns metros.

– *O silêncio*
Se enchendo de sentido
Em teu gemido.

– Falou comigo?

– Não, moço, eu só estou declamando.

Era preciso preparar as aulas do dia seguinte e eu o faria, só que em sonetos. Fiquei até a madrugada descrevendo a formação de fenômenos geológicos de quatro em quatro linhas, tentando fugir das rimas fáceis, pressão com aluvião e fossilífero com carbonífero, por exemplo. Minhas aulas não eram óbvias e minha poesia também não seria.

Na manhã seguinte coloquei o livro de Kleber K. na estante, a uma respeitosa distância dos John Donne do meu pai e dos Rimbaud da minha mãe. Não existia a menor hipótese de eu ver o poeta tão cedo, mas isso não me causava qualquer dor. Por estranho que pareça, eu até preferia o lirismo de encontrá-lo apenas nas páginas de um livro.

A poesia havia feito de mim uma pessoa lúdica e serena. Ao menos enquanto não surgisse nada de mais terreno para eu me ocupar.

O TARADÃO

O QUE ME FAZ, DENTRO DE ALGUNS pontos de vista, uma pessoa que, mesmo caindo de costas, consegue sempre quebrar o nariz.

(Cíntia Moscovich)

Antes

– #*%"!&?#*!

É bem verdade que, naquele momento, Luciano ocupava uma localização totalmente privilegiada na minha pessoa, nu como eu e à vontade em sua primeira visita à minha casa. Mas nem por isso eu estava preparada para ouvir o palavrão com que ele me ofendeu do nada, bem no instante em que eu abria a boca para chamá-lo de amorzinho ou querido. O que seria bastante precipitado, considerando os apenas cinco dias em que nos conhecíamos.

Depois do palavrão, tudo perdeu a graça e esperei impaciente que ele terminasse para tomar banho e me vestir. Para minha surpresa, Luciano me esperava com um pequeno lanche de restos reciclados da geladeira.

– Para a minha flor recuperar as forças e ficar ainda mais bonita.

Minha flor, eu? Eu, que há alguns instantes não passava de uma #*%"!&?#*?

– O que foi, bebê? Você ficou quietinha de repente...

Homens do mundo todo, entendam uma coisa. Quando vocês notarem que sua parceira está estranhamente muda, ou evita olhar para o rosto de vocês durante a conversa, ou adota uma postura distante depois de ter participado alegremente das maiores sem-vergonhices, saibam que algo de muito grave aconteceu, pelo menos na visão dela. E que o passo seguinte será o choro.

– Mas você está chorando? O que foi que eu fiz, linda?

(Adendo à lição acima: quanto mais carinhoso e compreensivo o homem for nesse momento, mais a mulher vai chorar.)

E foi isso que eu fiz. Chorei tanto que uma das minhas lentes de contato caiu do olho e se perdeu para sempre no tapete peludo da sala.

Quando consegui me acalmar, expliquei para Luciano que ser tratada por #*%"!&?#* havia sido forte demais para mim. Que, até então, expressões como *coisinha do pai* e *vagabunda sem-vergonha* eram o mais longe com que eu tinha sido brindada nos momentos de intimidade com meus namorados. E, dependendo da entonação do *vagabunda*, eu já chorava.

– Acho que preciso ir mais devagar com você... Tão novinha...

Senti a mudança de intenções no abraço de Luciano. A fraternidade deu lugar à excitação e o colo aconchegante virou uma perigosa cadeira erótica.

– É uma garotinha muito querida... Deixa que o titio vai cuidar de você...

Em resumo: o lanche com restos de geladeira foi usado para outros fins e bem mais tarde, quando Luciano se foi, um relaxante muscular foi minha companhia pelo que restou da noite.

Durante

Um

QUEM ME OUVE PODE ATÉ imaginar que a minha vida é uma sucessão de casos e aventuras, o que não é verdade. A maior parte do meu tempo eu passo dando aulas, fazendo serviços domésticos, indo ao supermercado e, eventualmente, ao shopping para comprar alguma roupa em oferta. Relacionamentos amorosos ocupam a menor parte da minha agenda, mas duvido que alguém parasse para saber das minhas peripécias na lavanderia ou na farmácia. A minha não é uma vida de exemplos edificantes que mereçam ser contados, de dilemas a expor ou de tragédias a relembrar. De tão banal que eu sou, meu assunto é sempre o mesmo.

A ele, pois.

Continuei saindo com Luciano e configurou-se um namoro clássico. Ao ser apresentado a meus pais, ele ficou tão excitado que precisei de dois relaxantes musculares na outra manhã. Também estive na casa da mãe viúva dele, que perguntou quando seria o casamento. Mais relaxante muscular depois.

Para Luciano, tudo envolvia sexo. Ingerir alimentos era quase um ato de luxúria, razão de nossas refeições serem cheias de duplos sentidos. Se eu comia uma fruta, qualquer fruta, até uma jaca ou um coco, ele largava tudo para me observar, muitas vezes se masturbando. O que fosse levado à boca, refrigerante, chiclete, feijoada ou misto-quente, logo adquiria conotações que fariam a alegria do Marquês de Sade.

Luciano jamais ficou de roupa dentro da minha casa. Nu assim que passava pela porta, ele só se vestia novamente ao ir embora, não importando a duração da visita. Em um feriadão chuvoso, chegou a ficar cinco dias despido. Estranhos eram os almoços e jantares na mesa com tampo de vidro da sala, os órgãos sexuais dele disputando minha atenção com a tevê.

E o suor? Iniciante no sexo tântrico, Luciano dividia comigo as lições de um best-seller sobre o tema. Isso exigia uma longa dedicação nos fins de semana, eu vendo o dia morrer lá fora. Seria mais suportável se não fosse o excesso de líquido vazando pelos poros dele. No final de alguns minutos, meu cabelo já pingava o suor que Luciano despejava sobre mim. Nas primeiras vezes abandonei a prática com três ou quatro horas de movimentação, deixando-o desconsolado e frustrado. Até que me acostumei. Não existisse o perigo de ofendê-lo, eu sugeriria a Luciano que experimentássemos todas as possibilidades sensuais de eu usar uma capa de chuva nos nossos encontros íntimos.

Outra característica de Luciano era falar obscenidades na minha orelha a qualquer momento, ao vivo ou por telefone. Ao susto de ser chamada de #*%"!&?#*, seguiu-se a rotina de ouvir palavras bem mais chulas, ditas sempre com uma voz baixa e monocórdia, com a declarada intenção de me levar ao clímax na fila do banco ou na sala de professores. Com o tempo aquela ladainha começou a me irritar, mais ainda quando notei que o texto se repetia. Teria ele se dado ao trabalho de decorar aquilo?

Ainda com relação a textos, Luciano decidiu escrever contos pornográficos inspirados em... mim. Eu, absolutamente, não me reconhecia nas mulheres uivantes que interrompiam qualquer atividade para desfrutar de intermináveis sessões de prazer total. Mas o pior foi quando ele disse que publicaria as histórias, revelando o nome de sua musa em entrevistas para a imprensa. Eu perdia o sono imaginando meu severo e tradicional pai lendo a obra baseada na filha, ao mesmo tempo que contava com o bom senso dos editores para não aceitar aqueles originais.

A verdade é que Luciano e eu éramos muito diferentes, não que ele percebesse. Certamente terminaríamos assim que um ou outro conhecesse alguém. Só precisava ser antes da minha atual aversão ao sexo se eternizar, o que estava muito perto de acontecer.

– Eu adoro você, princesa, mas nós somos muito diferentes. Eu preciso de uma mulher com mais pegada, você entende? Sua libido não acompanha a minha. Acho melhor a gente terminar.

Velha e sábia constatação: o ser humano só dá valor ao que perde. Mal fiquei sozinha, esqueci tudo o que disse nos parágrafos anteriores. Não era um namoro tão ruim, afinal. E Luciano era gentil, atencioso e engraçado, e a maioria das minhas amigas me invejava por causa da lendária disposição demonstrada por ele.

Chorar não resolveria. Depois de um banho de óleos essenciais (finalmente eu entendia essenciais para o quê), vesti uma túnica à moda grega sem lingerie e invadi o apartamento de Luciano.

Dois

MAIS UMA NOITE EM QUE Luciano e eu esquecemos de jantar.

Na saída da faculdade, passei em uma *sex shop* do centro e garanti a diversão da família. A dona da loja me convenceu a freqüentar o curso de pompoarismo com o argumento de que a minha vida nunca mais seria a mesma. No dia seguinte faria uma aula experimental.

Luciano vivia perguntando como eu conseguia esconder tão bem a energia sexual que me move hoje. Devia estar sob as roupas, manias, preconceitos, compromissos, preocupações, inibições, medos, essas coisas da psicologia. Constatando o quanto sou mais feliz agora, duvido que um dia ela volte para as trevas de onde veio.

A experiência com Luciano tem sido útil para todas as áreas da minha vida.

Uma sedutora (foi o que me tornei) consegue tudo de forma muito mais fácil, mesmo sem apelar explicitamente para o sexo. Apenas o jeito de olhar e falar já simplifica as coisas no posto de gasolina, na ferragem, no comércio, nos restaurantes, até no serviço público. Também com meus alunos essa postura mais positiva, digamos, foi benéfica. Se antes eu me vestia como eles e os tratava como iguais, atualmente faço valer meu lado dominador para ser impiedosa com sua ignorância e falta de vontade. Por incrível que pareça, o rendimento da turma aumentou.

Como das outras vezes, meus pais receberam a nova mutação com reservas.

– A Graça agora deu para andar só de blusa e cinto.

– É uma saia, pai. Só que é curtinha.

– Feche esses botões, menina. Você ainda vai pegar uma pneumonia com esses peitos de fora.

– Que implicância, mãe. O que você queria, que eu me vestisse de freira?

– Eu só queria que você se vestisse.

Quando Luciano e eu almoçávamos na casa de meus pais, eu podia ver o espanto com que eles nos observavam sorver os tomates, lamber as beringelas e mordiscar as almôndegas. Eu ainda provaria para a minha mãe a importância da sensualidade nas refeições para uma relação duradoura.

– Só sei que eu nunca acariciei uma batata e já estou há trinta e dois anos com o seu pai.

Três

Fazia alguns meses que Luciano não parecia totalmente satisfeito com nossas performances. Por mais que eu visitasse a *sex shop* e consultasse a bibliografia especializada, já não me ocorria nada de novo para oferecer a ele.

Tudo o que envolvia gastronomia, objetos de decoração, produtos de beleza e vestuário, telefonia, farmacopéia, acessórios sadomasoquistas, brinquedos infantis, fantasias de carnaval e foto/áudio/vídeo, tudo já havia sido experimentado. Passei a desconfiar que ele andava saindo com outras mulheres e seguiram-se brigas terríveis. Luciano nunca admitiu traição alguma e colocava a culpa do seu desinteresse na minha atuação previsível. Então eu me esforçava mais e mais, mas o tédio dele continuava.

– E se não fôssemos só nós dois?

Parei de esfregar a língua na abobrinha e esperei a proposta.

– Existem esses estabelecimentos para troca de casais... Ou, se você preferir, é só a gente chamar algumas pessoas aqui em casa.

Quem não diz um sim ou um não corre o risco de, em uma noite qualquer, chegar do trabalho e encontrar algumas pessoas nuas na sala de estar. Dada a penumbra do ambiente e a música sussurrada por uma cantora rouca no CD, não me foi difícil entender o tipo de reunião que estava para ser consumada na minha casa.

– Gostou da surpresa?

Fiquei no quarto por um longo tempo. Perto das onze da noite, Luciano e uma garota de calcinha comestível vieram me buscar. Fui com eles, mas preferi ficar só olhando. Um homem bonito chamado Erlon sentou, só de camiseta, ao meu lado no sofá. Conversamos sobre o nosso time, o Grêmio, enquanto as pessoas em volta se contorciam de jeitos variados. Alta madrugada, todos saíram e Luciano dormiu abraçado a mim até as duas da tarde.

Depois

NÃO SEI SE ESFRIOU POR CAUSA daquela noite ou se já havia terminado. O fim oficial veio durante um almoço em que nem eu nem Luciano chupamos qualquer dos ingredientes do cardápio.

O pior é que não foi por moralismo que não participei da festinha. Se as coisas estivessem bem, até teria me animado. Ou estou dizendo isso agora que o perigo passou, para não pensar em mim como a moralista que talvez eu seja.

Considerando os ideais românticos que ainda cultivo, minha grande decepção foi que quase não sofri. Fiquei sabendo que Luciano telefonou para várias das minhas amigas e foi bem-sucedido com muitas. Não devia ser pequena a curiosidade pela sua fama, alardeada por mim mesma em diferentes chás-de-panela e aniversários só para mulheres.

Seja como for, acabou. Passei a sair com um professor da faculdade, homem bem mais velho, sem urgências ou excentricidades de ordem sexual.

Mas confio no meu potencial para recuperar a energia do sujeito.

O BOÊMIO

MAS HÁ OUTROS EM NÓS. Há vários. (...) Seguem sendo nós, ainda que não batizados e sem firma reconhecida em cartório.

(Martha Medeiros)

Antes

O DIRETOR DA FACULDADE de Geologia, por alguma razão que me escapa, entendeu que eu gosto de acordar cedo, até mesmo cedíssimo. Assim, por mais que mudem as escalas e os professores se alternem e as salas sejam remanejadas, eu nunca recebo outro horário que não o das sete e meia da manhã, de segunda a sexta. Para completar a carga do curso, volto à faculdade às dezessete horas para um único período, e espero até as vinte horas para completar a minha cota.

Meus horários são tão ingratos que nenhum professor jamais aceitou negociá-los comigo. Terminei por me adaptar e viver o dia aos pulsos, encontrando ocupação na biblioteca, em uma das lanchonetes do campus ou, não estando o clima frio ou quente demais, batendo perna pelas lojas do centro da cidade.

Até que comecei a namorar o professor Kiko, da cadeira de Cartografia, e depois disso, ah, o tempo livre voou. Sendo o professor casado, embora em vias de se separar já há quatro anos, não ficava bem um passeio em público. Ele então me chamava para ouvir música no seu carro, estacionado em uma garagem afastada e escura, e dali o que sobrava de mim ia direto para a aula de Paleontologia I, um resto semelhante aos fósseis que me serviam de material didático.

Como o namoro ficasse mais sério, fiz o que muitas professoras e alunas já deviam ter tentado: encostei o professor Kiko na parede.

– Já disse a você que a minha separação é iminente.

– Você diz isso há quatro anos.

– Para você eu digo há dois meses.

– O que conta é o histórico.

O professor Kiko não quis encerrar a questão e marcou comigo às dez da noite em um bar perto do Pronto-Socorro.

– É um lugar muito seguro, o proprietário é o meu irmão. Chegando lá, procure por ele.

– Qual o nome?

– Canguru's.

– Do seu irmão?

– Do bar.

– E o do seu irmão?

– Xiko. Com X e K.

Perturbada com o que poderia acontecer, às dez horas e dez minutos eu procurava o Xiko's em busca do Canguru, sem conseguir encontrar nenhum dos dois. Felizmente o professor Kiko me viu vagando pela calçada e providenciou o meu resgate.

– Graça, este é o meu irmão Xiko.

E foi assim que eu nunca mais olhei para o professor Kiko e comecei a dividir os meus dias, ou melhor, as minhas noites, com Xiko.

Durante

Um

– Você tem que dar aulas só à tarde. Quer que eu fale com esse tal diretor?

– Imagina, Xiko. Você não precisa se preocupar tanto comigo.

Mas a minha aparência era mesmo digna de preocupação, por motivos muito fáceis de entender.

A partir da noite em que conheci Xiko, jamais dormi mais do que duas horas em vinte e quatro. Assim que terminavam as aulas, eu corria para o Canguru's e lá ficava até as portas fecharem, uma ou duas da madrugada. Então íamos para a casa dele e, conforme a disposição, eu pegava no sono somente às cinco da manhã, às vezes seis. E às sete o despertador tocava para o trabalho.

– E se você diminuísse suas idas ao bar?

– Olha, eu não faço nada pela metade. Se eu estou com você, estarei lá. Sem falar que não consigo mais viver sem o meu uisquinho doze anos.

Homem mais velho, já com seus cinqüenta anos, Xiko estava encantado com a minha dedicação. Por ele totalmente merecida, diga-se. Pela primeira vez eu via de perto todas as virtudes masculinas que, até então, só conhecia da literatura para moças: cavalheirismo, experiência, refinamento e um grande repertório sobre o mundo e a noite. Se eu fosse uma pessoa mística, e quem sabe um dia viesse a ser, explicaria o nosso encontro como uma conspiração do destino. Desde quando alguém vai em busca de uma sobrevida como amante e acaba promovida a mulher oficial do irmão do próprio amante?

Xiko já havia casado três vezes e espalhado sua descendência por várias cidades: eram três filhos com a primeira mulher, um com a segunda, dois com a terceira e mais dois avulsos, de namoros que deveriam ter sido eventuais. A todos ele provia com sua responsabilidade característica, e que se refletia em uma conta bancária sempre no vermelho. O lucro do Canguru's não bastava para sustentar uma prole como aquela.

Em mais uma manhã que me pegou acordada ao chegar, Xiko, que estava sempre dormindo quando eu saía, me surpreendeu com uma pergunta vinda do fundo dos edredons.

– E se hoje você viesse para ficar?

Eu fui. E levada por meu pai, o que não tornou a coisa exatamente simples.

– Está na hora de providenciar um psiquiatra para a sua filha, Mirian.

– Minha? E de quem ela herdou essa personalidade? Quem falsificou a documentação para ganhar cidadania italiana quando namorou uma siciliana sem-vergonha que andava por Porto Alegre?

– É muito diferente. Naquele caso havia o meu declarado interesse de viajar.

– E no caso da sua filha, há o declarado interesse de ser aceita. Isso deve ter relação com a figura paterna.

A discussão sobre a minha personalidade descambou para uma briga sobre alguns equívocos no relacionamento dos meus pais. Terminei por ganhar a carona e um sermão que durou até o meu novo prédio.

– Você já casou. Já morou com dois outros homens. Está de mudança para viver com o terceiro. Só que nunca foi a mesma pessoa que fez tudo isso. Quanto de você ainda sobra aí dentro, Graça?

Eu não estava pronta para uma sessão de psicanálise com um leigo, na calçada, de pé e equilibrando mochilas e malas. Beijei meu pai e subi sem olhar para trás, não por medo de virar estátua e sim de desistir, se ele continuasse com aquela cara de tristeza sem remédio. Ou decepção?

Passar a noite no Canguru's servindo mesas e cobrando no caixa trouxe minha tranqüilidade de volta. Junto com Xiko, o bar já fazia parte da minha vida. Eu pensava até em pedir licença na geologia para me dedicar à administração do negócio. Mais tarde, se realmente gostasse daquilo, eu me demitiria da faculdade para dar início às franquias. Na contramão dos meus planos expansionistas, uma providência se fazia necessária: marcar logo uma consulta com um casal de médicos especialistas em fecundação, os doutores Rosaura e Cavalheiro, para me prevenir contra a fertilidade exuberante de Xiko com drogas anticoncepcionais de última geração. E, assim, garantir que só o Canguru's tivesse filhotes ao longo da nossa história.

Dois

O NATAL CHEGOU E AS FAMÍLIAS se uniram, se não na paz, na boa vizinhança, em uma festa conjunta no Canguru's. Os parentes de Xiko compareceram em peso, pais, irmãos, cunhados e cunhadas, ex-mulheres, ex-sogros, todos os filhos e ainda alguns amigos sem rumo. De minha parte, além de meus pais, só convidei duas tias gêmeas, Amélia e Anelise.

Na festa deu-se também o meu reencontro com o professor Kiko, a quem passei a evitar na faculdade após conhecer Xiko. Acompanhado pela mesma mulher de quem ameaçava se separar há quatro anos, várias vezes ele tentou me abordar em meio à algazarra natalina. De nada me custaria uma conversa educada, *em que estágio anda o seu futuro processo de divórcio?* ou *andou seduzindo alguma professora recentemente?*, mas ignorei-o. Sempre tive a maior facilidade para me sentir forte diante de um fraco.

As portas do Canguru's seriam abertas para a clientela à meia-noite e trinta, de maneira que apressamos as comemorações para estarem todos satisfeitos antes de Jesus nascer. A última etapa do evento foi o triste amigo-oculto e meu presente eu ganhei de uma das ex-sogras de Xiko, uma embalagem com três calcinhas amarelas de algodão, tamanho GG.

– Use para ter sorte no Ano-Novo.

Se eu usasse aquela numeração, não haveria calcinha capaz de me trazer sorte em ano algum.

Levei meus pais até o carro para, longe de tantos desconhecidos, entregar a eles seu presente, um fim de semana romântico em um hotel na praia. Os dois me deram uma correntinha de ouro com meu nome, que prometi nunca mais tirar.

– É uma graça.

– Sabe, filha? Às vezes me arrependo de não ter chamado você de Constância. Para ajudar o destino.

Em casa, Xiko me deu de presente um uísque envelhecido quinhentos anos ou perto disso, todo embrulhado em veludo negro com incrustações douradas. Já eu, mais romântica, entreguei-lhe *vouchers* para um fim de semana em um hotel na praia.

– Puxa, Graça, o problema vai ser fechar o Canguru's no fim de semana.

Se ele não pudesse ir, eu repassaria o presente às tias Amélia e Anelise, não que o arranjo me agradasse. Quem ama faz certos sacrifícios, como o meu aturando uma convenção familiar alheia em plena noite de Natal. Mas Xiko tinha créditos comigo e eu apostei nos nossos próximos anos cheios de alegria antes de pegar no sono, pela primeira vez sem hora para acordar.

Como sempre, estava sendo otimista.

O telefone tocou antes das nove da manhã. Como Xiko não manifestasse sinais vitais, o jeito foi me arrastar para atendê-lo.

– Alô?

– É o Xiko?

– Claro que não.

– É o Kiko?

– Vem cá, você está de gozação comigo a essa hora de um feriado?

– Masssh quem essshtá falando?

– Graça, a mulher do Xiko.

– Desssshculpe, eu não sabia que o Xiko era casado. Eu sou a prima carioca dele, Mônica.

– Prazer, mas ligue mais tarde. O Xiko está dormindo.

– Sabe o que é, eu essshtou aqui na rodoviária, cheguei para trabalharrr no Canguru'sssh. Ele não falou para você, não?

Não, ele não tinha contado que a prima, dançarina em prestigiadas casas noturnas do Rio de Janeiro, vinha agora fazer o mesmo trabalho no outrora ingênuo Canguru's.

Mônica instalou-se, com seu metro e oitenta e oito malas, na nossa sala de estar. "É só até ela arrumar um apartamento", disse Xiko, fugindo de maiores explicações sobre a mudança de orientação do bar. Voltei ao quarto para tentar dormir, o que se revelou impossível com os dois primos conversando e gargalhando na peça ao lado. Sempre que eu fechava os olhos, era despertada pela voz rouca de Mônica:

– Mó caô!

PELAS TRÊS DA TARDE, fomos almoçar e Mônica quase provocou um desastre na churrascaria, confusão de maridos e espetos corridos com a visão de sua minissaia carioca. Nunca fomos tão bem atendidos e, na saída, ela ganhou uma cortesia do gerente, chope liberado em sua próxima visita, que repassou para mim tão logo saímos dali.

– Eu não bebo para não ficarrr com barriga, masssh já vi que você não liga para isso, prima.

Depois

AS COISAS NÃO FORAM AS MESMAS depois da chegada de Mônica.

O Canguru's cresceu muito, mesmo eu não colocando em prática meus planos de abrir franquias pelo país. Mônica fazia duas apresentações por noite, às dez e à uma, para atender as possibilidades de horário dos clientes. Ela dançava um *pot-pourri* de antigos sucessos *disco*, Donna Summer, Grace Jones e Frenéticas, rebolando e se esfregando nas garrafas de bebidas sobre o balcão. Nem o uísque com o meu nome, que eu mantinha no bar para consumo pessoal, escapava das evoluções da bailarina.

Xiko justificou a entrada de Mônica no negócio pela necessidade de sustentar seus muitos filhos. E quem poderia culpá-lo? Eu só não entendia ele não ter dividido a idéia comigo por medo de que eu não a aceitasse. Logo eu, que sempre aceito tudo?

Mas foi a demora de Mônica em sair da sala de Xiko que me fez ir embora. Enquanto ela via defeitos em todos os bairros e todos os prédios, eu rapidamente aluguei um apartamento. Continuei namorando Xiko, mas já não freqüentava a casa dele. Na minha última vez lá, a voz rouca de Mônica ao telefone abafava as juras de amor eterno que trocávamos no quarto.

Nessa mesma época, em reconhecimento aos meus excelentes serviços, fui promovida à professora titular de Paleontologia I. Agradecida, passei a preparar as aulas com o cuidado dos meus primeiros tempos na faculdade, o que diminuiu minha jornada no Canguru's. Passei a trabalhar no bar apenas nos fins de semana. Durante as apresentações de Mônica, fugia para uma mesa afastada a fim de beber uísque e jogar dados com um grupo de cinco sexagenários amigos, os Bad Old Boys. Nessa nova, por assim dizer, convivência, aprendi o gosto pelo bolero e incorporei ao meu vocabulário expressões como carro-de-praça, quarto-de-banho e corpinho, forma dos rapazes se referirem ao sutiã.

Ando pensando em me separar de Xiko, mas não do que sou com ele. Hoje aprecio a gastronomia, converso de igual para igual sobre lugares onde nunca andei e conto em detalhes casos dos anos 60, 70 e 80 como se tivesse estado lá. Uns chamam isso de viver a vida dos outros. Eu apenas mando baixar mais uma dose do meu doze anos.

E vivo.

O ESPORTISTA

EU NÃO PROCURO, EU ACHO.

(Lacan depois de Picasso)

Antes

ATÉ ME DECIDIR PELA CARREIRA acadêmica, eu achava que podia ter várias serventias na vida, atriz, médica, funcionária de repartição, jornalista, delegada e ainda muitas outras, dependendo do estado de espírito com que acordasse. Mas para uma atividade específica eu sempre soube não ter o mínimo pendor: o esporte. No colégio, sempre fui a pior em educação física, aquela que foge da bola e que não consegue completar cinqüenta metros de corrida. Um fracasso que, para minha sorte, sempre admitiu trabalhos teóricos no final do ano para recuperar as notas baixas.

Eu era feliz sem fazer esportes, apenas freqüentando minhas sessões de ginástica localizada em uma academia cheia de senhoras em pior estado que eu. Até que, no único domingo em que resolvi caminhar atleticamente ao sol, um homem vestindo apenas calção e músculos cruzou por tantas vezes o meu trajeto que, lá pelas tantas, passei a cruzar também o meu olhar com o dele. Não era todo dia que um tipo como aquele atravessava na minha frente de dez em dez minutos.

Estava exausta, e o homem continuava correndo. Antes que eu tivesse um ataque cardíaco, sentei na grama para absorver as energias revigorantes da natureza. Para minha feliz surpresa, pouco depois ele sentou, suando, ao meu lado.

– Posso?

– Deve. Depois da maratona que você encarou.

– Você também corre?

Como saber quando a verdade vai ser uma aliada ou não? Na dúvida, dei margem a uma interpretação positiva.

– É um dos esportes mais completos e eficientes, na minha opinião.

Ele entendeu que sim, eu corria, e resumiu em alguns minutos sua biografia de surfista, skatista, futebolista, pára-quedista, campeão de remo, ás da natação, revelação da asa-delta, ciclista, montanhista e mais outras práticas desconhecidas para mim.

– Nossa. Você é a prova de que o esporte faz bem.

– Você também. Prazer, Carlos.

– O prazer é meu. Graça.

– Quer correr comigo amanhã?

– É que eu começo na faculdade às sete e meia (bendito primeiro horário que me foi destinado contra a minha vontade).

– Por mim, tudo bem. Tenho uma sessão de fotos bem cedo.

– Você é modelo?

– Na verdade, sou *personal trainer*. Mas uma aluna quer fazer o meu *book*.

– Posso entendê-la.

– E então, combinado? Cinco e meia na frente da estátua do Bento Gonçalves?

– Que seja.

– Até lá. Ainda vou correr mais duas horas antes de dar uma pedalada.

– Desculpe perguntar, mas você nunca cansa?

– Posso cansar. Depende da parceria.

Ele saiu correndo antes que eu pudesse perguntar o que, exatamente, significava aquela resposta. O otimismo que, segundo o meu pai, ainda acabaria comigo me fez considerar que a frase de Carlos tinha segundas intenções, e elogiosas a mim. Um pouco por falta de algo mais concreto para pensar, fui para casa com o atleta enigmático na cabeça. E apressei o passo no trecho final do caminho, já treinando para as futuras corridas que a vida me reservaria.

Durante

Um

PARA MINHA SORTE, A SEGUNDA-FEIRA amanheceu com muita chuva. Virei para o lado e dormi até as sete, e então saí sem banho e sem café-da-manhã para mais um *round* com os alunos da Paleontologia I.

A previsão do tempo era a mais animadora possível: tempestades a semana inteira. Isso me daria a chance de treinar corrida na esteira da academia, contrariando meu desempenho habitual. Eu era sempre a aluna menos receptiva a qualquer esforço extra, diferente das senhoras de sessenta que se exercitavam comigo e da única garota mais jovem que eu, mas que não tinha um dos braços.

O domingo chegou sem sol, mas me levou ao parque mesmo assim. Mal saí de casa e meu coração já parecia o motor de um carro que tive, um Fiat branco e velho com o assoalho furado que jamais andou a mais de cinqüenta. Como o carro na época, também eu não parei. Não podia correr o risco de ser vista por Carlos caminhando como uma convalescente.

Perdi a conta das voltas que dei no parque até encontrá-lo, de calção e músculos vermelhos. Emparelhei para conversar.

– Pena a chuva durante a semana, não?

– Pena por quê?

– Não deu para a gente correr.

– Eu corri todos os dias.

– Com aquela água toda?

– Shhhhh. Em silêncio rende mais.

Corri sem um gemido até parar como o meu Fiat velho jamais fez. Carlos seguiu por muito tempo ainda e me alcançou quando eu voltava mancando para casa.

– Você mora aqui perto?

– Uns três bairros para lá. E você?

– Na zona leste.

– Veio de carro?

– Vim correndo.

– E o que você faz quando está parado?

– Isso foi um convite?

Era para ter sido uma pergunta, mas terminou com Carlos instalado no meu apartamento pelo resto do domingo. Lá ele mostrou todo o preparo de seus grupos musculares bem desenvolvidos e depois dormiu por três horas seguidas. Ao acordar, foi direto à geladeira preparar um sanduíche com o que encontrou, peito de peru já meio ressecado, a raspa do pote de margarina, restos de Amendocrem e um pão de dois dias que conseguiu ser recuperado no forno.

– E esse uísque aqui? Não vai me dizer que você bebe.

– Imagine. É só para o caso de aparecer alguma visita.

Pensei que Carlos fosse sumir depois do sanduíche, talvez minha própria atitude se eu, nascendo homem, encerrasse o dia no quarto de uma desconhecida com quem topei em um parque. Tudo que é acessível demais perde o encanto, insistia minha mãe na tentativa de preservar a honra da filha. Não só ela não obteve sucesso na sua pregação, como Carlos continuou voltando nas noites subseqüentes. E já no fim de semana seguinte, praticamos nosso primeiro *rafting* juntos (Carlos me colocou em um bote para descer uma corredeira. Para não decepcioná-lo, omiti meu medo de mares e rios e lagos e lagoas e águas termais e piscinas e banheiras, escondendo também que não sabia nadar. É muito seguro, ele disse. Segundos depois do bote virar, fui resgatada por um dos organizadores do passeio).

Dois

– É TARADO POR CELULITE.

– Tem tesão por barriga.

– Quer ser a parte bonita do casal.

– Era apaixonado pela mãe.

Minhas amigas não tinham, de fato, uma opinião tão desfavorável a meu respeito. Mas depois de duas delas me encontrarem com Carlos em um quiosque de sucos naturais, a notícia de que um atleta & talvez-modelo estava me assediando, ainda por cima com intenções mais sérias, virou primeiro espanto, depois brincadeiras que eu mesma tratava de divulgar.

Indiferente às chacotas, Carlos sugeriu comemorarmos nossas duas semanas de namoro com uma boa remada (quem nunca pintou o teto de casa jamais entenderá o que isso significa. No início, o movimento dos braços para frente e para trás parece uma alegre brincadeira e a água se abre com facilidade para o remo deslizar. Alguns centímetros depois, a água vira concreto, a força necessária para fazer o bote avançar quintuplica e tem-se a impressão de que os braços estão sendo despedaçados por um cardume de piranhas, tudo isso com um sol inclemente e o cheiro dos mistérios do rio contribuindo para o mal-estar).

Já disse que eu não servia para aberração, mas, a não ser pelas polegadas a mais, todas mal localizadas, estava longe de ser uma miss Brasil. E Carlos era a combinação genética perfeita, e sete anos mais moço, e as mulheres ficavam hipnotizadas quando o viam, e as motoristas freavam, e as velhas suspiravam, e as moças se cutucavam. E, de maneira geral, eu podia perceber o escárnio quando me viam ao lado dele.

– Deve ser míope e está com fungo na lente, o coitado.

Por várias vezes estive a ponto de terminar o namoro pela minha noção de inferioridade, mas acabei mudando de idéia porque:

a) Carlos sempre me convencia de que eu o completava, argumento um tanto canastrão, mas que me convinha aceitar.

b) Um homem daquele porte valorizava a minha pessoa. Mesmo quem fazia piada da situação devia, no íntimo, reconhecer que algum mérito secreto eu tinha.

E era por isso que eu me submetia a alguns sacrifícios, como segui-lo no surfe (esfregando parafina na prancha, subindo e descendo morros até chegar nas praias mais inóspitas, permanecendo por horas na areia e recebendo-o com um beijo de saudade e um *aloha* quando ele voltava do mar) ou no pára-quedismo (que ainda me provoca pesadelos, embora eu sempre pergunte quando nos atiraremos de um avião em movimento novamente).

Se eu era pródiga em imperfeições de caráter e físicas, sendo que as segundas me perturbavam mais, Carlos também tinha lá os seus defeitos, que eu só notava nos rápidos intervalos do meu encantamento pela sua aparência.

Ele havia lido pouquíssimos livros e assistido a pouquíssimos filmes e acumulado pouquíssima informação ao longo de seus vinte e dois anos. Mas eu entendia que construir aquele patrimônio, digamos, pessoal, havia custado muito treino e dedicação aos esportes, e não me importava de explicar tudo o que sabia, o que não era tanto assim. Como professora, eu tinha mesmo por missão lidar com a ignorância dos jovens.

Mais: se íamos a um motel cheio de espelhos, Carlos olhava para a própria imagem o tempo inteiro. Até ao me beijar Carlos ficava olhos nos olhos com ele mesmo. Já se estávamos no meu apartamento, onde o único espelho de meio-corpo, e meio distorcido, ficava atrás da porta de entrada, Carlos mantinha os olhos fechados, não sei se para não me ver ou para se imaginar melhor.

E ele também era excessivamente simpático com as demais mulheres, sempre sorrindo para todas, distribuindo seu cartão de visitas e dando autógrafos quando solicitado.

De resto, éramos felizes. E nenhum fim de semana se passava sem que eu experimentasse um novo esporte que nunca pensei em praticar, como o hipismo (que felizmente não passou de uma única tentativa, em que tive certeza de que a égua que me coube estava com ódio de mim).

Nossa única incompatibilidade esportiva tinha a ver com o futebol, eu Grêmio, ele Inter. Bem que tentei entrar para a turma de amigos colorados dele, mas foi impossível para mim. Ficou combinado que não falaríamos mais sobre o assunto e que jamais comentaríamos resultados ou nos aproveitaríamos das fraquezas do adversário com fins de deboche. Qualquer palavra mal usada ou mal interpretada por um ou por outro podia ser o fim de tudo.

De qualquer forma, Carlos me fazia bem. E não só a mim: integrado à minha família, ele elaborou um programa de treinamento para minha mãe e às vezes caminhava com meu pai nas tardes de domingo, depois da costela gorda e do sorvetão de ovos. Em retribuição, também eu me esforçava para agradá-lo. Sem vocação ou paciência para o surfe, mas sob a influência dele, quis comprar uma prancha com o meu décimo terceiro salário. Mais: cheguei a encaminhar a papelada para uma bolsa de pós-graduação nos Estados Unidos. É que Carlos havia sido convidado para trabalhar durante um ano em Miami, como *personal trainer* e modelo, e eu quis ir junto. Se depois conseguisse um emprego, e um visto, e nossa vida continuasse tão boa quanto naquela época, o plano era ficar por lá, ele colocando as madames do Hotel Flamingo em forma, eu ensinando Paleontology One para alguma turma de nerds.

Depois

COMO ACONTECEU EU SEI, mas não era para ter sido. Descobri que estava grávida às vésperas da nossa viagem para os Estados Unidos.

Carlos não pôde ficar e eu já não podia ir. Ele prometeu voltar em seis meses para me ver, o filho quase nascendo. Antes de partir, fez minha matrícula em uma ótima academia de hidroginástica e me encheu de prescrições físicas e alimentares.

Decidi morar com meus pais até o bebê chegar. Nos últimos tempos, sonho todas as noites em correr uma maratona, voar de asa-delta e surfar na prancha que não comprei.

As grávidas têm mesmo desejos estranhos.

O TRISTE

NÃO QUERO SABER DE QUEM é a culpa. Todo mundo, em algum momento, larga o outro lá fora debaixo do sol, e nunca entendemos por quê.

(Truman Capote)

Antes

QUEM JÁ MOROU SOZINHO ALGUMA vez deve imaginar o quanto é difícil a volta para a casa dos pais. Mais ainda na situação de mãe avulsa de um bebê recém-chegado.

O filho – que chamei de Tito um pouco em homenagem ao meu pai, outro tanto por me parecer um nome positivo, de imperador, e finalmente porque o responsável por cinqüenta por cento dos genes da criança não mandou nenhuma sugestão lá de Miami – ocupava agora todo o meu tempo. Pode-se dizer que eu trabalhava muito mais na licença-maternidade do que ensinando meus desligados alunos de Paleontologia I. Seria bom voltar aos universitários, findos os quatro meses que a lei me garantia, para enfim descansar.

Eu amava Tito e de modo algum estou reclamando das minhas tarefas de alimentação-banho-trocas de fralda-limpeza de vômito-cantar para dormir-brincar-distrair-cuidar em tempo integral, mas me sentia sobrecarregada. Por mais que meus pais ajudassem, faltava o apoio que, imagino, as mães com marido devam receber do próprio.

Em uma quarta-feira qualquer eu estava tão irritada com tudo, o choro de Tito, o matraquear da minha mãe, os uivos do cachorro, os conselhos da faxineira e a cara de embevecido do meu pai com o neto nos braços, que extraí de mim o alimento do bebê e decidi passar a tarde na rua.

– Tem um leite meio esverdeado aqui na geladeira. Não inventem de dar essa porcaria para o Tito.

– Isso é o leite do Tito, pai.

Segundos depois, saí do prédio como se cruzasse os portões do presídio feminino. Era minha primeira vez sem horário para nada, embora soubesse que a saudade do meu filho logo me faria voltar. Cinema, foi o que pensei, e imediatamente tratei de chamar a van que passava. Não parou, droga, mas logo atrás vinha o ônibus. Busquei o melhor lugar possível, um ao lado de um rapaz segurando uma pasta, e fechei os olhos para aproveitar a liberdade.

– Fazia tempo que você não pegava esse ônibus.

Seria comigo que alguém falava? É provável, já que senti um hálito de mentol arrepiando a minha orelha. Abri os olhos e o cara da pasta me olhava como se nos conhecêssemos.

– Falou comigo?

– Peguei esse mesmo ônibus com você há muitos anos. Você usava um terno branco e não tinha cabelo.

Quem não tinha cabelo era ele, um calvo de jeito triste.

– Então você recitou um poema e desapareceu.

Era verdade. Há muitos séculos, no dia em que fui ao lançamento do livro do poeta Kleber K., desci na minha parada junto com um moço de ar desolado. Mas não lembrava do rosto, só da tristeza dele.

– E você não esqueceu isso até hoje?

– Eu só esqueço o que não me interessa.

Durante

Um

TROQUEI O CINEMA POR UM LONGO café com o rapaz do ônibus, que se apresentou como Mourão, mas que apelidei de Tristão. Nunca havia conhecido alguém mais triste.

Tristão, farmacêutico, não chegou a exercer sua carreira, tornando-se propagandista de laboratório. Gostava do que fazia apesar do dinheiro não ser o ideal, mas quem ganha bem nesse país? No segundo casamento, tão infeliz quanto o primeiro, e com quatro filhos, dois de cada mulher, Tristão resumiu assim o seu destino:

– Deus achou que era o que eu merecia.

– Você é católico?

– Se eu não fosse, iria culpar quem por essa vidinha?

Eu passava por um momento difícil, mãe solteira-abandonada-sozinha de dar dó, além de ser fato que todas as mulheres ficam mais sensíveis no puerpério. A tristeza de Tristão, pois, juntou-se à minha própria, e quando vi estávamos os dois chorando no café, emocionados com nossas dores.

Fui para casa no mesmo ônibus de Tristão, a alma aliviada pela catarse. Estava na hora de alimentar Tito e pela primeira vez eu notava a tristeza da amamentação, o bebê grudado ao seio como a querer proteção eterna. Ah, se ele soubesse que logo estaria vivendo sua existência de temores e perigos longe da asa e, felizmente, do busto da mãe.

– Você está com algum problema, minha filha?

– Algum? Você está sendo otimista, pai.

– Aconteceu alguma coisa? Você voltou para casa triste.

– Eu sou triste.

– Opa, mas até a hora do almoço não era. Você conheceu alguém hoje?

Eu não contaria sobre Tristão para não ouvir que meu comportamento estava sob alguma influência, mas voltaria a encontrá-lo nos próximos dias, sempre no ônibus e sempre clandestinamente. Vestiria minhas roupas de ginástica alegando ser chegada a hora de me exercitar, e então falaria de minhas tristezas enquanto o ônibus percorria o seu trajeto.

E assim foi.

Enquanto Tito ficava mais forte e aprendia a chorar cada vez mais alto, eu continuava saindo para meus desabafos com Tristão. O álibi da ginástica funcionava à perfeição, e meu emagrecimento era visível. Depois dos encontros da tarde, a última das minhas vontades era comer.

Quando o leite secou e eu já não levantava da cama senão para os passeios de ônibus, soou o alerta na família.

– Amanhã você vai consultar a doutora Larice.

– Mas ela é terapeuta de casais.

– Deve ter algum sem-vergonha envolvido nessa sua mudança de personalidade. A doutora Larice cuida de você e trata dele por tabela.

A terapeuta ficou realmente impressionada comigo. E o pior é que eu não fazia força para ser triste.

Eu apenas era.

Dois

NAQUELE DIA, TRISTÃO E EU DESCEMOS do ônibus para caminhar na tarde cinzenta, fria e chuvosa. O tempo deprimiria até um humorista, imagine nós dois.

– Como está seu filho?

– Ótimo. Cada vez mais lindo. E os seus?

– Não tão bem. O gripado, com febre alta. A asmática entrou em crise. A do meio desenvolveu um problema na tireóide. E a diarréia do pequeno não cura de jeito nenhum.

– Eles já foram ao médico?

– A consulta é pelo SUS. Sabe lá quando os coitados serão atendidos.

– Isso é muito triste.

Vendo a situação com distanciamento, Tristão tinha muito mais motivos para ser triste do que eu. De onde mesmo eu havia tirado que minhas desditas eram graves a ponto de fazer secar o leite do meu único filho?

– Eu gostaria de ajudar você a cuidar das suas crianças. Olha, posso emprestar o dinheiro da minha poupança.

– E do que vai adiantar, Graça? No mês que vem eles adoecem de novo e lá vou eu para o SUS.

– Tristão, quer dizer, Mourão, acho que eu cansei de ser tão triste.

– Tristeza não é algo que se decide ter, mas é uma coisa que se pode exercitar. É só pensar em todas as tragédias que existem por aí e a gente fica triste. É natural.

O vento trazia a chuva para dentro da roupa e meus pés estavam completamente molhados. Era triste, mas nada que uma secadora não resolvesse.

– Não fique triste, mas nós precisamos parar de nos ver. Acho que eu não sou quem você esperava.

– Eu não esperava nada. Eu só gostei de você.

Nossa despedida foi realmente triste. Pedi a Tristão que me ligasse a qualquer hora do dia ou da noite, sempre que precisasse falar ou que eu pudesse ajudá-lo, mas dificilmente ele me procuraria. Era muito mais triste nossa amizade terminar para sempre ali mesmo, em um ponto de ônibus gelado.

– Seu ônibus chegou.

– Você não vem?

– Não, obrigado. Prefiro andar um pouco mais na chuva.

– Vou pensar sempre em você.

– Adeus, Graça.

Eu pretendia conservar em mim a serena tristeza que tantas vezes os poetas cantaram no olhar de suas amadas e os pintores retrataram nas feições de suas musas. Nada como um toque de tristeza para deixar uma mulher mais bonita.

O problema é quando a mulher se chama Graça.

Depois

TITO AGORA RI DE QUALQUER COISA, isso quando não começa a gargalhar sozinho no berço.

Ao menos por algum tempo, a tristeza está esquecida lá em casa.

O BRASILEIRO

MINHA LISTA TINHA MACHADO DE ASSIS, Drummond, Guimarães Rosa, João Cabral de Melo Neto, Graciliano Ramos, Euclides da Cunha, Erico Verissimo, Bispo do Rosário, Iberê Camargo, Pixinguinha, Caetano Veloso, Chico Buarque, Elis Regina, Paulinho da Viola, Cartola, Noel Rosa, Lupicínio Rodrigues, Nelson Pereira dos Santos. (...) Fiquei imaginando o que aconteceria com a alma de alguém que, de uma vez só, encontrasse toda essa gente.

(Jorge Furtado)

Antes

QUANDO TITO FEZ DOIS ANOS, também eu completei o mesmo período sem um romance no currículo. Mais por falta de tempo que de vontade, como é próprio das mulheres.

Um filho é, obviamente, uma responsabilidade muito mais séria que qualquer outra, de qualquer ordem, que a vida possa apresentar. Acho que, se alguém por um segundo pensasse a fundo no que significa criar uma pessoa e fazer dessa pessoa alguém de quem o mundo vá se orgulhar, nenhuma criança mais nasceria no planeta.

Mas eu não pensei, graças a Deus, e agora tinha um menino lindo e saudável para cuidar sozinha. Carlos, o esportista que contribuiu com um cromossomo Y para o filho que vim a ter, decidiu ficar nos Estados Unidos sem data para voltar. Passados dois anos, Tito ainda não conhecia o pai, que de quando em quando mandava mais ou menos cem dólares, em geral menos, para as despesas do garoto. Com esse dinheiro eu levava meus pais e Tito para jantar, e depois torrávamos o que sobrasse em uma loja de brinquedos.

Para o resto da conta, comida, roupas, fraldas, escolinha, diversões, pediatra e todo tipo de remédios, eu tinha o meu salário de professora, agora não mais de assistente, mas ainda assim insuficiente. E havia a descoberta do século, a que em breve me levaria a alugar um apartamento para morar sozinha com Tito, longe de meus queridos pais, da faxineira que jamais se calava e do cachorro Bocão, que, de tão velho, nós agora chamávamos de Babão: as aulas particulares.

Boa em biologia e química como eu era, foi decidir por esse promissor mercado para ver minha agenda cheia de estudantes. E assim, trabalhando todas as noites e todos os fins de semana, eu engordava o orçamento e acabava com a mais remota chance de conhecer alguém com mais idade ou mais neurônios que os meus alunos.

Dois anos se foram sem que eu tivesse alguma crise relevante de solidão ou necessidade de extravasar minha libido, tão selvagem em outros momentos. Preocupação que levou minha mãe a incentivar minha ida ao aniversário de uma professora de mineralogia, uma de idade avançada a ponto de lhe ter rendido o apelido de Arqueã, mistura de arqueana (rocha antiga) com anciã (velhota, como se sabe).

– E se o Tito chorar?

– Ele ganha um colo e pára de chorar.

– E se ele tiver fome?

– Conte com meus mais de trinta anos de experiência em alimentação infantil.

– E eu nem tenho roupa para ir.

– À festa da professora Arqueã? Por favor, é só pedir uma blusa emprestada para a vó Jussara, do 803.

Saí com uma roupa minha mesmo, um vestido vermelho já esquecido pela sociedade, nem na moda e nem fora dela. Mais ou menos como eu me sentia.

O aniversário da professora Arqueã seria comemorado em um bar de música brasileira no bairro boêmio da cidade. Lugar onde me despedi da vida monástica ao conhecer Brasil.

Durante

Um

– VOCÊ JÁ SABE, PAI. Nada de oferecer vinho. Brasil prefere uma purinha.

– Só tem Malbec.

– Mas nem um butiazinho?

Nem butiá, nem maracujá, nem limãozinho e nem cachaça alguma. Levado pelo gosto e amparado pelo lado científico da questão, meu pai há anos só consumia vinho (uma taça por dia faz bem ao coração e duas potencializam o efeito, explicava). Eu já saía para o mercadinho em busca de uma Caninha 51 quando o porteiro eletrônico tocou.

– Graça, o Brasil chegou.

Fiquei na porta esperando, o coração acelerado. Uma taça de vinho ajudaria? Era a primeira vez que Brasil, por quem eu estava completamente apaixonada, vinha a um almoço de domingo na minha casa.

Desde o nosso encontro no aniversário da professora Arqueã, há quase um mês, não houve noite em que não nos víssemos. Diminuí até o número de aulas particulares para estar com ele. Brasil correspondeu ao esforço. Dono de um sebo de livros, não poucas vezes ele fechava a loja apenas para me dar um beijo entre uma aula e outra.

A razão de tal deslumbramento minha mãe atribuía aos dois anos de solidão, e por vezes se dizia arrependida por ter insistido para eu ir à festa da Arqueã. Já eu seria para sempre grata a ela pelo incentivo.

Tudo começou com uma simpatia imediata tão logo sentei ao lado de Brasil. A partir dali, enquanto a professora Arqueã e convidados balançavam ao som de antigos sucessos da MPB tocados ao vivo por um quinteto de velhinhos, Brasil e eu nos contamos nossas vidas e rimos e descobrimos afinidades e, quando vi, estava nos braços dele, dançando "As rosas não falam", eu que nem sabia sambar.

Rapidamente percebi a maior – e encantadora – característica de Brasil. Não sei se o nome condicionou o destino, como aponta o grande escritor Moacyr Scliar, mas Brasil da Mata Porcinsky, que abriu mão do sobrenome paterno para se manter um produto cem por cento nacional (na definição dele mesmo) era, antes de mais nada, um brasileiro.

E logo eu me tornei uma brasileira também.

Meus discos de rock, dos quais eu não sei como um dia pude gostar, foram doados aos meus alunos. Tito deixou de lado os carrinhos de plástico e super-heróis Marvel para brincar com mulinhas de madeira e palhaços de pano. Fiz um acordo com minha mãe para reduzir os pratos de origem estrangeira na nossa cozinha, strogonoff, kibe, yakisoba, lasanha, quiches, todos do balcão de congelados do supermercado. E nossa mesa virou um desfilar de carreteiros, moquecas, guisados com quiabo e chuchu, feijoadas e mocotós (cuja simples existência, até então, me embrulhava o estômago, mas que consegui engolir na terceira tentativa, segurando a respiração).

Eu já não queria usar *lycra* e outros fios de tecnologia estrangeira e resgatei no guarda-roupa todas as peças de puro algodão. Com pesar abandonei os jeans, que Brasil considerava a suprema infiltração norte-americana no *modus vivendi* dos brasileiros, e aderi a calças de linho confeccionadas por uma costureira do bairro. Mas era com meus novos e ingênuos vestidinhos florais que eu enlouquecia Brasil e, por conta disso, a cada semana ganhava dele um novo e colorido corte de chita.

Agora, saboreando um camarão com leite de coco na moranga, Brasil contava a meus pais suas histórias sobre o inimigo ianque, o uso de estrangeirismos na língua portuguesa e outras particularidades da sua personalidade nacionalista. O almoço correu bem até meu pai servi-lo de uma taça de vinho.

– É um Malbec excelente.

– Seu Tito, eu me reservo o direito de não fazer uso de substâncias que não sejam nativas da nossa terra.

– Esse vinho é argentino, quase gaúcho, rapaz. Beba sem medo.

– Pai, o Brasil prefere um suco natural. Pode ser um guaraná, querido?

– Não sendo de nenhuma marca internacional...

– Nunca ouvi bobagem tão grande. E nunca vi alguém rejeitar um Malbec como esse.

– Talvez o senhor nunca tenha visto um homem de princípios.

– Opa, opa. Muita calma no Brasil!

– Eu estou calmo, seu Tito.

– Essa é uma expressão que ele usa às vezes, Brasil. Não se ofenda.

– Não estou ofendido. Só quero ser respeitado.

Meu pai até que me surpreendeu. Em lugar de enfiar a cabeça de Brasil na moranga, ele apenas pegou a própria taça de vinho, e a garrafa, e abandonou a sala. Minha mãe imediatamente começou a empilhar os pratos recém-servidos para retirá-los da mesa.

– Bem, é o final do almoço.

– Mas o Brasil ainda não terminou...

– Não faz mal, Graça. Eu como na rua. Você vai comigo?

– Só se eu levar o Tito.

– O seu pai?

– O meu filho!

– Se você me permite aconselhar, deixe o garoto em casa. Logo mais ele tem o aniversário do Wesley para ir.

– Seu filho vai ao aniversário de um americano?

– É um amiguinho brasileiro aqui do prédio!

– Um colonizado. Pior ainda.

Como a situação ficasse mais complicada, levei Brasil até a porta e combinei de encontrá-lo no bufê da esquina. Mas só após deixar muita clara em casa a minha inconformidade com o incidente.

Dois

DEPOIS DE DOIS ANOS DE DEDICAÇÃO absoluta ao meu filho e de trabalhar como uma mãe moura para garantir o seu sustento, estava eu separada de Tito pela primeira vez, tentando pegar no sono na cama de Brasil. Mas era impossível dormir. O ronco que ele emitia lembrava o de uma motosserra antiga, daquelas que apareciam em comerciais mal-feitos de televisão desmatando tudo o que encontravam pela frente, nos tristes tempos em que cortar árvores tinha jeito de progresso.

Ainda que eu culpasse o ronco quase primal de Brasil pela minha insônia, a verdadeira causa dela, além da falta de Tito, era a briga com o outro Tito, meu pai. Esse não apenas não admitiu sua indelicadeza como ainda atribuiu a Brasil o grau máximo na escala Richter de abalos mentais dos meus namorados. Não ri da piada inoportuna e encerrei o assunto comunicando que eu e meu filho iríamos embora. Ao saber dos infelizes desdobramentos do caso, Brasil agiu como um brasileiro de coragem.

– Você e a criança são bem-vindos no meu apartamento.

E assim, na manhã seguinte, de mala na mão e filho no colo, dei adeus à casa dos meus pais.

Não foi nada fácil sair com tantos volumes e tralhas de todos os tipos para carregar, mais um menino que se recusava a ir comigo. Meu pai optou por se fechar no quarto e não ver a cena, mas minha mãe, a faxineira e Babão nos acompanharam até o táxi, gritando e chorando.

– Não faça isso, Graça. Você mal conhece esse xenófobo!

– Não me diz que ele é xenófobo, dona Mirian. Que doença é essa? E se pega no menino?

– Mãe, eu só vou ficar com o Brasil até alugar alguma coisa. E você pode ver o Tito sempre que quiser.

O resto do dia passei tentando acomodar nossos pertences no apartamento de Brasil. Me instalei com Tito nas minúsculas dependências de empregada, sem espaço sequer para a banheira de plástico do menino. Brasil chegou do sebo animado com sua nova família.

– Vai dar certo, Graça. Nós três seremos muito felizes.

Três

Se nas histórias em que tudo acontece a seu tempo, pessoas se conhecem, resolvem ficar juntas e ter projetos e filhos, se mesmo nessas histórias as coisas costumam dar errado, imagine-se em uma situação como a exposta acima.

Nós três não fomos muito felizes, cada um por seus motivos: Brasil por saudade de ser dono do próprio nariz, Tito por saudade da casa dos avós, eu por saudade de algo que não sabia, mas que não se parecia em nada com o que estava vivendo.

Como o esperado, Brasil e eu nos revelamos mutuamente na convivência, e nenhum dos dois caiu de amores pelo que conheceu.

Se eu voltava sempre mal-humorada das aulas de Paleontolgia I, o que irritava Brasil, ele vinha cheio de idéias nacionalistas ao final de um dia. Impossível descobrir de onde emanava tanta inspiração verde e amarela, compartilhada comigo aos brados na mesa do jantar, o que me impedia de ouvir o *Jornal Nacional* (o único que se podia sintonizar). Alguns projetos Brasil chegou mesmo a registrar, certo de que lhe trariam reconhecimento e fortuna. Entre os que posso lembrar:

Transformar a Amazônia em um gigantesco parque para o turismo ecológico (vetado apenas aos americanos), totalmente cercado por muros e com pacotes para diversos tipos de aventuras: uma semana com animais e índios incluídos, um mês vivendo na aldeia indígena, seis meses abandonado na mata e sobrevivendo com os próprios esforços, modalidade exclusiva para grupos.

a) Fazer do capim um alimento energético e exportado para o mundo inteiro.

b) Proibir o uso de palavras estrangeiras na escola, na universidade e em profissões como o marketing e a propaganda.

c) Limitar as viagens ao exterior aos viajantes que já conhecessem, pelo menos, cinqüenta por cento do Brasil.

d) Conceder a cidadania indígena a todos os brasileiros sem ascendência estrangeira.

e) Montar uma agência de casamentos para aproximar homens e mulheres brancos de índios e índias e, assim, repovoar a Amazônia.

Brasil e Tito também enfrentavam problemas em sua relação. Meu filho vivia triste sem os desenhos do Cartoon, um hambúrguer de vez em quando e Cola-Cola na geladeira. Brasil ficava perturbado com os barulhos da criança e os brinquedos de madeira e pano espalhados pela sala. Por isso, depois de cinco meses, tão logo recebi meu décimo terceiro e com o próprio Brasil de fiador, mudei para um apartamento térreo onde, pela primeira vez em muito tempo, quem mandava em mim era eu.

Depois

LIBEREI O MCDONALD'S PARA TITO, mas cada vez mais ele gosta de feijão e não troca seu pudim de coco por milk-shake algum.

Na nossa casa só se ouve Cartola, Tom Jobim e João Gilberto. Para dificultar o surgimento de um futuro metaleiro, todas as noites leio para Tito um trecho das memórias musicais-brasileiras do Nelson Motta, *Noites tropicais*. Tomara que ajude na formação do menino.

Continuei com Brasil, só que de forma não-oficial. Ficamos juntos por mais de um ano, mas ele saía também com outras garotas, todas morenas como eu ("as loiras são uma deturpação da raça brasileira", dizia). Não me importava. Não queria perdê-lo, mas também não o queria em período integral, e nem ele a mim. Brasil adorou o arranjo, comum na maior parte das aldeias indígenas ao longo da nossa história.

Não é para sempre, mas até que somos felizes.

O MÍSTICO

FAZER RETIRO É TÃO BOM...
mas dá uma dor nos joelhos.

(Os The Darma Lóvers)

Antes

NA VOLTA DE UM CONGRESSO de professores das faculdades de geologia do Brasil em Belém do Pará, praticamente Oiapoque-Chuí de ônibus, varri as bancas de jornal da cidade atrás de todas as revistas que pude comprar, das semanais de meses passados a títulos sobre mecânica, jardinagem, esportes radicais e esoterismo. Na ida, o único livro que levei chegou ao final na altura de Minas Gerais. E por mais que eu conversasse com o professor de Física II sentado ao meu lado, um senhor que reduzia as mais finas manifestações humanas, da paixão ao suflê, a um punhado de reações explicadas por fórmulas exatas, e por mais que eu tentasse dormir na minha poltrona-leito, nunca a vida foi uma experiência tão tediosa.

Uma das revistas esotéricas em questão trazia na capa um homem ainda jovem, sem cabelos e com lindos dentes perolados, especialista na investigação da personalidade através de indícios de vidas pregressas. O homem, J. Marcellus, psiquiatra que havia abandonado a linha lacaniana para se dedicar ao espírito, atendia no Rio de Janeiro, mas tinha um telefone de contato para convenções de empresas e consultas particulares pelo país. As palavras dele, os métodos dele, os olhos dele retratados na reportagem criaram em mim uma estranha urgência de investigar quem eu fui. Pela agenda publicada na revista, J. Marcellus estaria em Porto Alegre em três meses e meio.

Tempo demais para uma peça (Shakespeare disse, mas eu li em um livro do Jorge Furtado) e para uma consulta (eu digo).

De uma pastelaria em algum lugar do sertão, liguei para casa em busca de notícias do meu filho, a quem não via há quase duas semanas. Como Tito estivesse bem, e apesar das saudades que sentia dele, tomei minha decisão.

– Mãe, vou descer no Rio de Janeiro para um atendimento espiritual de urgência. Tito nem vai notar, um dia a mais e eu chego aí. Só preciso que você reserve um hotel para mim em Copacabana. Uma estrela no máximo, por favor.

Durante

Um

ERA APENAS A MINHA SEGUNDA vez no Rio, e como eu me arrependia disso. Em não poucas oportunidades pensei em passar as férias, ou a vida, na cidade, sem nunca ir além de tímidas intenções. Quem sabe o impulso definitivo para eu mudar de mala e cuia não viesse agora, na figura de J. Marcellus?

Preocupada mais com saúde financeira que com espiritualidade, minha mãe reservou um hotel de setenta e cinco por cento de estrela, em uma avaliação generosa. Previsivelmente, a fachada furreca revelou um quarto ainda pior. Sorte que eu estava no Rio por razões não materiais e disposta a enfrentar as maiores dificuldades para encontrar J. Marcellus.

Parti do básico, ligação para marcar uma consulta. O telefonista informou que os atendimentos se davam por ordem de chegada, com distribuição de fichas às seis da manhã. Do outro dia, portanto.

– Mas eu vim de Belém do Pará. E amanhã já volto para Porto Alegre.

– Ah, aqui é assim. Vem gente de norte a sul.

– Mas eu vim do norte e do sul. Por favor, eu preciso ver J. Marcellus.

– A JM agradece sua ligação. Por favor, não desligue. Para avaliar o seu atendimento, digite agora cinco para ótimo. Quatro para...

Desliguei e chamei um táxi. O consultório espiritual ficava em Bonsucesso, muito longe de Copacabana, Ipanema e Leblon, os três bairros por onde desfilam todos os dramas da humanidade nas novelas das oito. Depois de andar e pagar muito, cheguei aos domínios de J. Marcellus.

A casa onde ele atendia era grande, simples e se localizava em uma espécie de sítio, totalmente cercado por um muro de fortaleza. Chamava a atenção a quantidade de carros ditos de luxo no terreno, todos estacionados sem maiores cuidados. A fila de pessoas esperando atendimento era espantosa também, com uma clientela formada tanto por jovens quanto por balzaquianas e senhoras de idade, todas bem-vestidas, muitas parecendo fazer parte de excursões. E eu que vim tão simples, sem nenhuma preocupação com o meu lado exterior.

Abordei timidamente o recepcionista. Em contraste com o número excessivo de mulheres, só homens trabalhavam no local.

– Por favor, eu estou de passagem pelo Rio e preciso ver J. Marcellus.

– Todas precisam, querida. As fichas para hoje esgotaram às sete da manhã.

– Mas não seria possível um encaixe? Não existe alguma desistência? Eu venho da terra do Ronaldinho Gaúcho. Diga isso a J. Marcellus.

– Ninguém desiste, querida. Volte amanhã bem cedo ou durma lá fora e madrugue na fila. É mais garantido. Por favor, não saia ainda. Para avaliar o nosso atendimento, preencha cinco para ótimo. Quatro para...

Eu precisava estar na rodoviária às sete da manhã para vinte e quatro horas de estrada até Porto Alegre. E minha primeira aula na faculdade começava assim que eu descesse do ônibus. De nada me adiantaria permanecer na fila para curar o espírito e ser demitida na chegada.

– ...dois para ruim. Um para péssimo. Zero para...

– Então eu quero agendar uma consulta em Porto Alegre.

– Pois não. Nome completo, idade e profissão. Não aceitamos convênios. Por favor, avalie o nosso atendimento antes de sair atribuindo notas de zero a cinco. Cinco para ótimo, quatro para...

Dois

EM QUE PESE A ANSIEDADE, os três meses e meio seguintes eu recebi como um presente do Criador para a minha preparação espiritual. Mas visando também a parte física, entrei para a ioga em busca da barriga que tive antes de Tito nascer.

Pelo que entendi, J. Marcellus investigaria quem eu fui no passado para me decifrar no presente. Mas mesmo que conseguisse, eu me dispunha a devorá-lo. Desde a leitura da primeira reportagem, depois acrescida de pesquisas, matérias e a compra dos livros dele, eu vinha desenvolvendo uma atração quase fanática pelo Altíssimo, como seus seguidores o chamavam, não que eu gostasse do título. *Altíssimo* imediatamente estabelecia uma relação de desigualdade entre nós. E, embora eu fosse uma iniciante nos assuntos do espírito, confiava na capacidade do meu corpo para me entender com ele.

Em um de seus livros mais famosos, *Sua tataravó Messalina*, J. Marcellus desenvolvia a tese de que mulheres de qualquer época ou continente, até a Madre Tereza de Calcutá, possuíam alguma relação com a insaciável imperatriz romana em suas vidas ancestrais. Fazê-la aflorar na atualidade dependia dos estímulos certos, e as instruções para isso estavam na página 67. Eu, que já havia despertado tantas vezes a minha tataravó ninfomaníaca nesta vida mesmo, poderia ajudar o Altíssimo a escrever uma nova obra, quem sabe. Se dependesse das minhas encarnações, o encontro com J. Marcellus não ficaria apenas em uma primeira consulta.

– O Tito anda brincando de boneca?

– Que boneca, pai?

– Aqui, na mochila dele. Uma cheia de braços com a língua de fora, coisa feia. É da Marvel?

– É a minha deusa Kali! Tito pegou no meu quarto!

– Deusa? Você andou conhecendo algum hindu?

– Cada um com suas crenças, pai. Eu sempre respeitei o seu Santo Expedito.

– Bem que eu vinha notando alguns indícios. Esses dias ligou para cá um tal de Zé Shiva convidando você para um culto à Brahma.

– Um culto a Brahman! O Deus Infinito!

Mais uma vez eu era obrigada a agüentar comentários inconvenientes por me entregar completamente ao que acreditava. Como se eu fosse um caso único.

Uma garota da minha rua começou a vida amorosa namorando um dentista e se especializou no diagnóstico de problemas bucais. Gengivite, halitose, mordida cruzada, tudo ela identificava e podia tratar informalmente, apenas por sua convivência apaixonada com a odontologia. Ao conhecer um jornalista, trabalhou no caderno cultural como colaboradora. Mais tarde, enamorada do dono de um brechó, tornou-se especialista em moda *vintage* e abandonou outros interesses profissionais para atender na loja do marido. Casada pela quarta vez com o testa-de-ferro de uma rede clandestina de bingos, era agora respeitada no mundo da contravenção, citada volta e meia nos noticiários policiais como A Chefa.

Outros casos, tristes de tão banais, estão por toda parte: mulheres que abandonaram os próprios amigos pela turma do namorado, outras que deixaram as carreiras para acompanhar seus gerentes-transferidos-todos-os-anos, as que mudam cabelo, roupa e perfume por causa de um possessivo, as que viram torcedoras enlouquecidas e antes nem ligavam para futebol, as que começam a gostar de punk rock e filme de pancadaria e, principalmente, as que adotam a opinião do marido como se delas fosse. Mas só a mim meu pai dirigia suas ironias.

Faltavam dois dias para J. Marcellus chegar e achei que uma desintoxicação espiritual me deixaria mais preparada para vê-lo. Sendo um sábado, convidei duas colegas místicas como eu, as professoras Leah e Luíza Maria, para me acompanharem ao Templo de Três Coroas, visitado por budistas do mundo inteiro. Dizem que lá esteve até uma das minhas melhores obsessões juvenis, o galã-grisalho Richard Gere, e que nenhum dos monges o reconheceu. Pena eu não ser iniciada na época.

Fomos convidadas a permanecer no templo durante o final de semana, meditando em silêncio e participando das cerimônias dos budistas, mas poucas horas naquele ambiente já haviam extrapolado minha necessidade de paz. De volta, fiquei em casa com Tito até a terça-feira chegar, sem falar com meus pais ou servir costela nas refeições.

Eu estava pronta para J. Marcellus.

Três

NÃO ESPERAVA TANTAS PESSOAS quando abri a porta do salão de convenções do hotel, às dez da manhã. J. Marcellus atenderia suas clientes em um espaço reservado dentro do salão. Dificilmente a algazarra de mulheres ansiosas não atrapalharia as consultas.

– Está há pelo menos vinte e quatro horas sem ingerir carne?

– Há setenta e cinco horas, exatamente.

– Por favor, fique descalça e aguarde. O pagamento é feito no guichê, apenas em dinheiro.

Tirei do pé as sandálias altíssimas, desenhadas exclusivamente por um amigo designer, ponto forte da minha *toilette* para encontrar J. Marcellus. Sem elas, o vestido branco e fluído pelo qual paguei uma fortuna não causava o mesmo efeito. Uma pena que a vida espiritual não privilegiasse a elegância. No guichê, entreguei os quinhentos reais da consulta com o coração apertado. Sem dúvida fariam falta para as roupas, a comida e os brinquedos que Tito não parava de exigir.

– Senhorita Graça, pode me acompanhar. Em silêncio, por favor.

Fui chamada pelas quatro da tarde, quando minha maquiagem já estava desfeita e a barriga roncava de fome. Preferi não conversar com nenhuma das mulheres presentes para nada interferir na minha limpeza espiritual, ciúme, inveja, raiva, competitividade, os meus sentimentos de sempre.

J. Marcellus estava atrás de um tule branco, de olhos fechados, quando entrei no reservado das consultas.

– Aproxime-se, irmã.

Impossível descrever as minhas condições emocionais. Eu tinha coragem e medo, alternava frio e calor, queria rir e chorar, me sentia pura e excitada. Fora o nascimento de Tito, aquele era o ponto alto dos meus dias na Terra.

J. Marcellus apontou um lugar com a mão pequena e branca e sem pêlo algum. Não existindo cadeira no local indicado, e com meu vestido impedindo a execução da posição de lótus, a única forma digna de me acomodar foi de joelhos. E assim fiquei, aos pés da espécie de cadeira-do-papai que J. Marcellus ocupava.

– Altíssimo, é uma grande alegria conhecê-lo.

– Da mesma forma. Não é necessário se prostrar, irmã.

– Faço questão, Altíssimo.

– E o que a traz aqui?

– Preciso saber quem eu sou, Altíssimo. Há quem considere que perdi minha identidade.

– E a irmã também pensa assim?

– Na verdade, não.

– Importa é o que você sente sobre você. Se a sua alma não está em conflito, significa que as vidas que você já viveu não têm contas a acertar com a sua encarnação de hoje. Você consegue compreender?

– Sim, Altíssimo.

J. Marcellus desceu com algum esforço da sua cadeira-do-papai. Era todo minúsculo e mesmo de joelhos eu tive a impressão de ser muito mais desenvolvida e compacta que ele. O poder que suas fotos emanavam perdia um tanto do impacto assim, de perto. Mesmo os dentes cintilantes e a careca perfeitamente redonda que me atraíram na revista agora se exibiam sem encantos peculiares.

O Altíssimo se aproximou de mim, segurou meu rosto entre suas mãozinhas, beijou minha testa, ofereceu o braço e me conduziu até os limites do reservado. Enquanto eu imaginava a que tipo de atendimento seria submetida, ele fechou os panos esvoaçantes que serviam de porta e então eu me vi novamente no salão cheio de mulheres.

– Vou acompanhá-la, senhorita.

– Mas já terminou?

– Cada consulta tem a duração que o caso exige. A cliente anterior permaneceu com o Altíssimo por cinqüenta minutos. É por ali, você já pode calçar os sapatos. Por favor, antes de descer, atribua uma nota para o nosso atendimento. Cinco para ótimo, quatro para...

Saí do encontro com J. Marcellus sem descobrir nada sobre minhas vidas anteriores. E com seis horas e quinhentos reais perdidos na minha encarnação atual.

Depois

CONTINUO MÍSTICA, MAS PERDI o interesse por J. Marcellus. Conhecendo o outro lado da história, descobri críticas aos métodos do Altíssimo e a desconfiança generalizada da classe científico-espírita sobre a honestidade do seu trabalho. A tese sobre a tataravó Messalina, por exemplo, foi tema de piada em diversos congressos. Embora eu até tenha me identificado com essa parte.

Comecei a sair com um alérgico, o que dificultou minhas incursões a terreiros e sociedades espíritas. Ele insistia em me acompanhar às sessões, mas seus gânglios inchavam como reação ao cheiro dos incensos e velas. Da última vez, tive que levá-lo às pressas para um pronto-socorro, sufocado e coberto de bolinhas vermelhas. Por conta disso, meu consultor espiritual sintonizou sua própria energia com a minha, para que eu recebesse os passes a distância. Se não fosse assim, meus chacras corriam o risco de se desarmonizar.

O pior é que passei a notar erupções na minha pele sempre que acendo um incenso de jasmim para meditar.

DEPOIS DO DEPOIS

ESSA É UMA HISTÓRIA QUE continua e que pode ter muitos finais.

Supondo que eu passe a me relacionar com um político, é certo que a causa dele também será a minha. Alguém poderia me apresentar o Fernando Gabeira para evitar desde já problemas na minha ficha corrida?

Na hipótese de eu me interessar por um letrado, sinto que meus neurônios estão apenas esperando a oportunidade para se tornarem mais produtivos.

Com um vaidoso ao meu lado, eu cuidaria mais da minha imagem e reconheceria o meu próprio valor. E só um sensível amenizaria os efeitos causados por anos e anos de costela gorda e mostarda extraforte na minha personalidade.

Um atormentado me ensinaria a ter paciência para discutir a relação, e a jamais pegar no sono deixando um problema para trás. Um sabe-tudo, ah, me estimularia a achar que sei tudo. E, quem sabe, um agitador cultural não libertasse a grande artista que minha existência simplória esconde?

De um moderno, de um modesto, de um gay, de um gourmet, de um sincero, de um nerd, de um valente, de um crente, de todos eu levaria o que pudesse pegar. Já dos grosseiros, dos interesseiros, dos sem-graça, dos vazios e dos que não reciclam lixo, desses prefiro manter uma segura distância.

E assim, ao contrário do que possa parecer, sempre sobra alguém melhor em mim depois de cada depois.

Agradecimentos muito sinceros

Aos queridos Lucia Riff e Paulo Pires, por tudo até hoje.

À minha amigona Cíntia Moscovich e ao pesquisador Moacir Amâncio, pela superconsultoria judaico-ortodoxa.

À Nora Goulart, ao Jorge e ao Pedro Furtado.

À Leah Macedo, à Mariene Braga e à Maredi, que cuidaram da capa. E ao Felipe Schuery, que cuidou de tudo.

Ao meu pai (que também se chamava Tito), ao meu irmão Duda e ao meu filho Theo, de quem peguei muitos jeitos. Inclusive o de gremista praticante.

Este livro foi composto em EideticNeo e impresso pela
Ediouro Gráfica sobre papel pólen bold 90g para a Agir
em outubro de 2007